INGANNO FATALE
DOVE TUTTO HA INIZIO

P.J. MANN
Traduzione di Elisabetta Emilia Mancini

RINGRAZIAMENTI

Un grazie speciale va alla traduttrice Elisabetta Emilia Mancini, per la professionalità e disponibilità.

Ai miei followers, amici e lettori per il loro continuo incoraggiamento.

PREFAZIONE

Questo romanzo è un'opera di finzione. Descrive una condizione psicologica che potrebbe portare i lettori a porsi delle domande.

La sindrome del bugiardo patologico, della quale il protagonista soffre sin da giovane età, è considerata una malattia mentale e non una cattiva abitudine.

Anche se mentire è cosa comune, non è chiaro come alcuni individui diventino bugiardi patologici.

Sebbene la menzogna patologica sia stata definita dalla letteratura scientifica oltre cento anni fa, non ne è stato mai approfondito lo studio. Il suo valore per la psichiatria è per lo più poco chiaro.

La menzogna patologica come sintomo può presentarsi nelle Sindromi Fittizie e nel Disturbo Borderline della Personalità.

È comunque possibile che appaia come una malattia a sé stante indipendentemente da una sindrome psichiatrica.

Healy e Healy (*Healy W, Healy MT: Pathological Lying, Accusation, and Swindling. Boston: Little, Brown, 1926*) suggerirono che una netta distinzione dovesse essere fatta tra coloro che mentivano patologicamente come una diretta complicanza di una sindrome psicologica (bugiardi patologici secondari, secondo *Dike, Charles & Baranoski, Madelon & Griffith, Ezra. (2005). Pathological lying revisited. The journal of the American Academy of Psychiatry and the Law. 33. 342-9*), e bugiardi patologici che non mostravano sintomi di una sindrome psichiatrica definita (bugiardi patologici primari). Infatti, Healy e Healy sostennero che la vera menzogna patologica non dovrebbe essere trattata come una sindrome psichiatrica primaria. Concludendo, secondo Charles C. Dike, (MD, MPH, Membro del Royal College of Psychiatrists) *"La menzogna patologica è una speciale forma di menzogna, ristretta nella sua definizione e complicata nella sua presentazione. La sua apparente rarità può essere la conseguenza di una mancanza di consapevolezza del fenomeno da parte dei medici. Purtroppo, provoca periodicamente notevoli disagi al bugiardo patologico. Gli psichiatri di fronte a bugiardi patologici devono completare una valutazione clinica approfondita e ottenere una storia longitudinale delle loro bugie, soprattutto attraverso informazioni collaterali da parenti, amici e datori di lavoro. In aggiunta al trattamento psicoterapeutico, gli psichiatri dovrebbero prendere in considerazione la ricerca sull'utilità*

*della farmacoterapia per comportamenti impulsivi
o compulsivi in questi pazienti."*

Lungi dal voler scrivere una ricerca sulla psicologia antica e moderna, ho dato maggiore importanza ai dettagli, come il vero piano del Dott. Wright e della sua squadra celato in un trattamento per leggeri disturbi psicologici. La spiegazione della malattia è stata data nella storia come riferimento marginale.

CAPITOLO 1

Sono un bugiardo... uno sporco bugiardo.

Mento senza rendermene nemmeno conto. Quando parlo non posso affermare con certezza che quanto sto dicendo è la verità o una completa bugia. Nella mia vita ho perso amici, famiglia, relazioni sentimentali, perché tutti mi hanno sempre considerato un bugiardo.

Poi, un giorno, un articolo attirò la mia attenzione. Trattava dei bugiardi patologici e più lo leggevo e più trovavo similitudini con la storia della mia vita. Così, a 23 anni, decisi di rivolgermi ad uno specialista. Mi ritrovai, quindi, seduto nella sala d'attesa di uno psichiatra, mentre aspettavo che la porta si aprisse e che venissi chiamato.

Se avete familiarità con le sale d'attesa degli studi medici, avete sicuramente notato quanto è difficile, a volte, evitare di fissare gli altri pazienti, ed anche quella circostanza non fece eccezione. Nonostante i miei sforzi, non riuscii a tenere lo sguardo lontano dall'uomo che mi sedeva difronte. Il suo sguardo infastidito mi trafisse come una pugnalata. Brontolando in modo da farsi sentire, prese un quotidiano ed iniziò a leggerlo, coprendosi il viso.

Involontariamente, quell'uomo mi diede quella che sembrava essere un'idea brillante, quindi anche io scelsi una rivista e cominciai a sfogliarla, cercando qualcosa di interessante che mi tenesse occupato, e distogliesse il mio pensiero dalla snervante attesa.

Niente in particolare riuscì ad attirare la mia attenzione, se non un paio di articoli sulla politica internazionale ed alcune inserzioni di agenzie di viaggio. Ma non furono abbastanza per ammazzare il tempo.

La delusione fu grande quando, guardando l'orologio, realizzai che non solo non avevo ammazzato il tempo, ma non lo avevo nemmeno ferito. Riposi la rivista sul tavolino e diedi un'occhiata tutto intorno, annotando mentalmente ogni dettaglio della stanza.

Sorprendentemente, mi resi conto di come tutte le sale d'attesa delle strutture sanitarie si rassomigliavano. Avevano tutte lo stesso aspetto "malato", neutro, e mi ritrovai a pensare che una persona sana, dopo aver passato alcune ore in una di queste stanze, avrebbe, comunque, cominciato a sentirsi poco bene. "Forse è un modo per aumentare il numero dei malati da curare" pensai.

Mentre ero immerso in queste considerazioni persi la cognizione del tempo perché, contro ogni previsione, il dottore in persona apparve alla porta e chiamò il mio nome.

Come una molla, mi alzai dalla sedia e mi diressi verso di lui.

Entrando nello studio, diedi una rapida occhiata intorno, sperando di trovare un ambiente più accogliente. Con mio grande disappunto, anche lo studio medico aveva le stesse pareti grigie e lo stesso pavimento freddo ed impersonale. Le uniche note di colore erano date dalla scrivania di legno scuro e dal divano dello stesso colore.

«Bene signor Jackson, in cosa posso esserle d'aiuto?» mi chiese il dottore con tono calmo, sorridendomi gentilmente.

Inspirai profondamente, cercando di trovare le parole giuste.

«Non sono sicuro di riuscire a spiegare il mio problema, ma sono un bugiardo.» Feci una breve pausa che mi permise di osservare la sua reazione alle mie parole. «Vede, io faccio del mio meglio per ricordarmi dettagli ed eventi più vicini possibili alla realtà, ma, nonostante i miei sforzi, quello che esce dalla mia bocca è una bugia e non capisco come questo possa accadere. Una volta ho letto un articolo che trattava delle persone con questo problema e, se ricordo bene, venivano definiti bugiardi compulsivi.»

«Uhm», mormorò, dandomi un'occhiata attraverso le palpebre socchiuse. «Molto interessante. In effetti possiamo documentare casi di persone che non riescono a non dire bugie. Alcune di esse mentono per guadagnare attenzione, ammirazione o empatia. Ci sono stati alcuni tentativi di definire le differenze tra bugia patologica e non patologica ma sono necessarie ulteriori ricerche per fare le appropriate distinzioni.»

«Una caratteristica chiave di una bugia patologica è la mancanza di una motivazione evidente. Nel suo caso, lei non ha la minima percezione di stare raccontando una bugia. La sua malattia è interessante ma è anche più rara del caso non-patologico, e quindi più difficile da trattare. Con ciò intendo che ho bisogno di capire lei ed il suo modo di mentire.»

«Certo» risposi, sperando che potesse trovare un modo per aiutarmi ad uscirne.

«Può darmi degli esempi di come arriva a mentire involontariamente? Può ricordare un qualsiasi evento in cui i suoi genitori o i suoi amici hanno smascherato una delle sue bugie?»

In qualsiasi altra occasione avrei potuto elencare centinaia di esempi circa la mia abitudine a mentire, ma, sapete come va, nel momento in cui si deve ricordare qualcosa, la mente diventa come uno schermo spento. Chiusi gli occhi e cercai di concentrarmi su qualsiasi episodio, ma niente.

«Ecco!» esclamai, quando all'improvviso un caso mi tornò alla mente «E' successo la scorsa settimana. Stewart è un mio amico ed è patito di football. Avevamo deciso di andare alla partita della domenica, e mi aveva chiesto di acquistare i biglietti per tutti e due.»

Feci una breve pausa per ricordare gli eventi.

«Venerdì pomeriggio mi chiese se avessi i biglietti, e gli risposi che erano nel mio zaino. Mi ricordavo perfettamente di essere andato al botteghino, di averli acquistati e di aver scambiato quattro chiacchiere con l'addetto. Ero certo di averli acquistati. Stewart venne a casa mia per prendere il proprio e darmi i soldi, ma non riuscii a trovarli. Cercammo ovunque senza successo e, ad un certo punto, mi chiese se fossi sicuro di averli acquistati. Certo che ne ero sicuro. Mi ricordavo perfettamente di aver pagato con il mio bancomat. A quel punto Stewart mi chiese di controllare il mio conto corrente perché cominciava a dubitare che li avessi acquistati veramente. Ci crede? Il pagamento non c'era sull'estratto conto e questo significava solo una cosa: non li avevo acquistati.»

Scossi la testa sconsolato, pensando a quanto fossi sembrato stupido, ma ad essere onesti, ricordo ancora di averli comprati.

Il dottore mi guardò con un'espressione seria «Ha avuto altri malesseri fisici, come crescenti mal di testa, vertigini, nausea, improvvisi sbalzi di umore?»

Feci fatica a ricordare l'ultima volta che avevo avuto mal di testa, figuriamoci gli altri sintomi che aveva elencato.

«No, non ricordo di aver avuto alcuno di questi sintomi.»

«Direi che, almeno in questa prima fase, possiamo escludere tumori. D'altro canto, il disturbo del bugiardo patologico è stato associato prevalentemente a sindromi fittizie o della personalità. È veramente un caso interessante. Intendo non solo scoprire di più su questa malattia, ma anche trovare un trattamento.»

La sua comprensione ed empatia mi toccarono nel profondo, e la convinzione di essere così vicino alla soluzione dei miei problemi, lentamente si fece strada dentro di me. Ciò nonostante, mi preoccupai quando pronunciò la parola "malattia". Intendeva dire che stavo diventando pazzo?

«Mi dispiace chiederlo ma dovrò essere ricoverato in un manicomio per il resto della mia vita?»

Il dottore fece un largo sorriso. «Non tutte le malattie richiedono un trattamento in una struttura sanitaria. Lei non ha chiaro il suo problema.»

«Dal momento che ha parlato di una malattia mentale, temevo di dover essere rinchiuso e di dover assumere forti dosi di psicofarmaci. Qual è l'alternativa? Una struttura psichiatrica, o essere trasformato in uno zombie dipendente da sedativi?» domandai, con una leggera nota sarcastica.

Mi guardò per un secondo, e quindi si mise a ridere di gusto. «Vedo che è un uomo di spirito, e questo mi piace. Non si preoccupi, niente di tutto ciò sarà necessario.»

«Dovrò fare una serie di sedute di psicoterapia, o qualcosa di simile?» Mi incuriosiva dove questa discussione avrebbe portato.

Il dottore aggrottò le sopracciglia corrugando la fronte. «Come le ho detto prima, il suo caso non è semplice da trattare, e non le posso garantire una cura risolutiva. La malattia è decisamente rara e, di conseguenza, non è stata del tutto studiata nella sua complessità. Mi dispiace dirle che c'è veramente poco che posso fare per lei.»

«Quindi sono venuto qui inutilmente?» Le mie speranze stavano crollando.

«Non del tutto. Ho detto che non ci sono terapie tali da garantirle la guarigione.» Fece una breve pausa. «Cercherò di essere più chiaro. Sto lavorando su casi simili con un mio collega all'Università. Tutti i trattamenti convenzionali hanno fallito miseramente. Abbiamo, comunque, sviluppato un trattamento non-convenzionale che, in teoria, dovrebbe aiutare le persone con il suo disturbo. Il nostro progetto ha incontrato l'interesse della comunità scientifica e di alcune istituzioni private. Grazie ad esse abbiamo potuto accedere a dei notevoli fondi per la nostra ricerca.

Quello che ci manca è un paziente. Se lei è d'accordo può prendere parte a questo studio e, con un po' di fortuna, la sua condizione potrebbe migliorare.»

Fu come se Dio stesso fosse sceso dal Paradiso per darmi una benedizione; le mie speranze si rinvigorirono. Ero curioso di sapere in cosa consisteva questo trattamento.

"Che tipo di rischi si corrono?" mi chiesi

«Sarà pericoloso? Dovrò sottopormi a delle sedute di elettroshock?» chiesi, mentre valutavo tutte le possibilità che turbinavano nella mente.

«Le propongo un viaggio di sei mesi, in qualsiasi posto lei desideri.» Un sorrisetto apparve sul suo viso mentre inclinava la testa di lato.

«Un v-viaggio? Non ho la possibilità economica di viaggiare per sei mesi, e c'è anche il mio lavoro. Non posso partire per un periodo così lungo» obiettai.

«Come le ho detto, abbiamo un fondo per le ricerche» disse, appoggiandosi allo schienale della sua poltrona.

«Le sole spese a suo carico saranno quelle personali come cibo e bevande. Relativamente al suo impiego, spiegheremo al suo datore di lavoro che lei ha bisogno di un congedo di sei mesi per seguire una terapia. Lei indosserà sempre una telecamera collegata in remoto con il nostro laboratorio all'Università. Questa registrerà ogni suo minimo movimento, quindi mi dispiace, ma dovrà rinunciare alla sua privacy in questo periodo e non potrà controllarne le registrazioni. Tutto ciò perché ogni sera dovrà farci un resoconto dettagliato su qualsiasi cosa lei ricordi del giorno appena trascorso» continuò il medico.

«Ogni settimana le invieremo la versione corretta dei suoi report quotidiani, nella quale evidenzieremo gli avvenimenti effettivamente accaduti che non coincideranno con i suoi ricordi. Lei utilizzerà parte del tempo per concentrarsi sulle correzioni e confrontarle con quanto aveva scritto.»

«Un attimo. Mi sta dicendo che mi pagherete per fare una vacanza di sei mesi e scrivere un diario quotidiano?» Ero quasi del tutto certo di aver capito bene, ma questo tipo di proposte succede solamente nei film.

«E' esattamente quello che intendo. Ogni domenica le invieremo dei test che lei ci rimanderà a fine giornata.» Incrociò le braccia sul suo grembo mentre spiegava come sarebbe stato organizzato il tutto.

«Non so cosa dire.» dissi, esitando. «D'altronde non penso di avere niente da perdere accettando. In definitiva, se fosse fattibile, non sarebbe male avere l'opportunità di fare una lunga vacanza. Accidenti, l'ultima volta che ne ho fatta una avevo dieci anni.» Le dita dei piedi fremevano per l'eccitazione.

Il dottore mi guardò con un largo sorriso. «Fantastico. Scriverò una lettera al suo datore di lavoro, così che lei non avrà niente da temere. Adesso, ritornando al discorso delle patologie fittizie e della personalità, vorrei fare una chiacchierata con lei ed ulteriori test in modo da inquadrare meglio la situazione. Le farò alcune domande per approfondire meglio il suo problema. Alcune le sembreranno troppo personali, ma vorrei che lei rispondesse nella maniera più sincera possibile» e mi invitò ad accomodarmi sul divano.

***

Dopo tre quarti d'ora abbondanti di domande personali e scomode, fui estremamente felice di ritornare a sedere sulla sedia di fronte la sua scrivania, mentre lui scriveva la lettera al mio datore di lavoro.

«Ecco a lei, signor Jackson. Questa è per il suo capo» mi disse, porgendomi una busta. «Spiega la sua necessità di avere un lungo congedo per motivi medici. Prevedibilmente lui non sarà entusiasta di questo, ma d'altro canto, lei ha il diritto di farsi curare.»

Un leggero tremito, come una scossa elettrica, mi attraversò sottopelle quando le mie mani toccarono la lettera. Quella era la prova tangibile che non avevo immaginato niente: tutto era reale, ed io ero eccitato.

Camminando verso casa non potevo credere a quanto mi era appena successo. Mi chiedevo se, anche in quel caso, la mia mente stesse distorcendo la realtà, o se veramente ero parte di un progetto che mi avrebbe portato in vacanza per sei mesi.

Mentre cercavo ancora di trovare un senso agli avvenimenti delle ultime tre ore, arrivai a casa. Appena entrai Moses, il mio gatto, mi venne incontro per salutarmi e la sua presenza mi riportò alla realtà.

Lui non mi ha mai giudicato per essere un bugiardo, sia che lo capisse o meno, è sempre stato al mio fianco, in ogni occasione, triste o felice.

Gli devo molto più di quanto lui immagini.

«Ciao amico. Ti sono mancato?»

«Miao» mi rispose facendomi le fusa, mentre gli grattavo la testolina.

All'improvviso, mi resi conto che non avrei potuto portarlo con me, e che per lui sarebbe stato terribile vivere in una pensione, una sorta di prigione per animali domestici. "Sei mesi sono un lungo periodo" pensai.

Lo guardai, sospirando. «Mi chiedo come farò a farti capire la mia assenza.»

Andai in cucina per uno spuntino, quando il telefono suonò.

«Pronto» risposi, continuando a cercare nel frigorifero qualcosa per placare la mia fame.

«Ethan, vecchio mio, come stai?» la gioiosa voce di Stewart arrivò alle mie orecchie.

Stewart è uno dei pochi amici che mi sono sempre stati a fianco. Ci siamo conosciuti alle superiori, e lui è stato l'unico a sopportare le mie bugie, e a provare a correggerle pazientemente. La gente, in genere non vuole avere a che fare con tipi come me, dal momento che mi considera nient'altro che un problema.

«Oh, ciao. Sono andato dal dottore per trovare una soluzione al mio problema.» Non era facile, nemmeno con il mio migliore amico, parlare della mia abitudine a mentire.

«Caro Ethan, per quel problema penso che una semplice iniezione di onestà sarebbe sufficiente» disse, sarcasticamente.

«Beh, per tua informazione io non mento perché voglio farlo. Questa è una vera malattia, e per quanto è rara non esistono molti modi per curarla, almeno non con la medicina tradizionale» risposi seccamente, pentendomi di aver menzionato la visita dallo psichiatra.

Lui semplicemente non poteva capire come ci si sentiva con la consapevolezza di avere qualcosa di sbagliato nella propria mente. Essere preso in giro per questo problema lo considerai maleducato ed inappropriato.

«Okay. Mi dispiace, Ethan. Non intendevo offenderti. Quindi cosa ti ha detto il dottore, oltre a confermare che sei un bugiardo patologico?» si scusò, cercando di uscire da un momento imbarazzante.

«Il dottor Wright mi ha proposto di far parte di una sorta di ricerca che sta conducendo con uno dei suoi colleghi all'Università» iniziai a raccontare.

Di nuovo, aprii la lettera per il mio datore di lavoro per essere sicuro di non raccontare un'altra bugia. «Dovrò fare un viaggio di sei mesi in varie località e tenere un diario di tutto ciò che vedo ogni giorno, e cercare di ricordare tutto nei minimi particolari.»

Mi sedei sul divano, con gli occhi ancora sulla lettera.

«Avrò una telecamera sempre connessa che mostrerà loro tutto quello che mi succede. Loro mi invieranno la versione corretta del mio diario e dovrò prendermi del tempo per analizzarla e ricordare» dissi mentre accarezzavo il liscio tessuto del divano.

Credetemi, anche se non lo era, quella sembrava una bugia anche a me.

Un lungo silenzio cadde tra di noi, e credetti che lui avesse interrotto la conversazione, stanco delle mie invenzioni. Poi lo sentii esplodere in una fragorosa risata.

«Hai detto bugie tutta la vita, ma questa è la più assurda in assoluto. Come puoi aspettarti che creda ad una cosa simile?» mi rispose, ridendo divertito. «Mi ricorda quella volta che mi dicesti di aver ricevuto una mail di risposta per il lavoro dei tuoi sogni. Eri così entusiasta della loro risposta e di quanto erano stati impressionati dal tuo curriculum. Poi quando la lessi io, era l'ennesima risposta automatica per informarti che non eri stato selezionato. Oppure quella volta che mi raccontasti di essere fidanzato...»

«Sì, sì...» Tutti i sentimenti positivi che avevo accumulato durante il giorno sembravano scomparire davanti alle prese in giro di Stewart. «Mi ricordo di quegli episodi, ma questa volta è diverso e non so cos'altro dirti. Credimi, ti ho letto quello che il dottore ha scritto a me ed al mio datore di lavoro per giustificare la mia assenza. So che suona folle. Se non avessi questo foglio, anche io penserei di mentire» gli risposi, guardando quello che faceva Moses.

«Veramente?» La sua voce tornò seria. «Posso dargli un'occhiata anche io, così da avere una conferma che non hai inventato tutto di nuovo?»

«Certo, posso mostrarti la lettera. Non sto scherzando e questa non è una bugia, per una volta. Tra l'altro, avrò bisogno anche di qualcuno che si occupi di Moses.»

«Preferisci che lo porti a vivere con me, o che io venga a casa tua ogni giorno per dargli da mangiare e giocare con lui?» mi chiese.

«Beh, decidi tu, anche se preferirei che portassi Moses a casa tua. In questo modo lui avrebbe tutte le attenzioni e la compagnia di cui ha bisogno. E, se dovesse avere necessità del veterinario, saresti in grado di prenderti cura della sua salute.» Cominciai a considerare i vantaggi del tenere il mio gatto a casa di Stewart.

«Certo. Può stare qui con me. Almeno Molly avrà qualcuno con cui giocare. Comunque, Moses è sterilizzato, giusto? Molly non lo è ancora e non vorrei doverla tenere lontana dalle molestie del tuo gatto.»

«Non ti preoccupare. È stato sterilizzato, ed è sempre stato un gentilgatto. Piuttosto assicurati che non sia Molly a molestare Moses.» Il tono della conversazione era tornato ad essere quello di sempre.

«E' solo una cucciola. Non salta addosso ad ogni maschio che incontra.»

«Beh, comunque Moses è sterilizzato, così non sarà una minaccia alla verginità di Molly, puoi stare tranquillo. Presumo quindi che tu abbia deciso di portarlo a casa tua?» Volevo essere sicuro che si occupasse di Moses durante la mia assenza.

«Certo, perché no? Nessun problema. Stai bene e torna a casa sano, salvo, guarito e abbronzato, uomo fortunato» disse con un leggero tono di invidia nella sua voce.

«Farò del mio meglio. Comunque mi hai chiamato solo per chiedermi come è andato il primo giorno di terapia, o avevi qualcos'altro da dirmi?»

«Ho pensato, dal momento che è venerdì, che avremmo potuto andare a divertirci in centro. Che ne dici?»

Con tutto quello che mi era successo avevo perso la cognizione del tempo, e la sua proposta mi lasciò senza parole per un momento.

«Certo. A che ora?»

«Uhm... vediamo. Posso passare a prenderti tra un paio di ore. È troppo presto per te?»

«Perfetto. Ci vediamo dopo. Ciao.»

Finita la conversazione cominciai a prepararmi per la serata, non senza aver prima mangiato.

Dopo cena presi una carta geografica, cercando di immaginare i posti che avrei voluto visitare. Dal momento che il viaggio era pagato per la maggior parte, decisi di iniziare con quelle destinazioni che non mi ero mai potuto permettere ma che avrei voluto conoscere.

«Wow. Il mondo è grande. Ci sono così tanti posti dei quali nemmeno conoscevo l'esistenza» riflettei.

L'Africa era uno dei continenti che mi interessava di più. A parte le meraviglie della natura, pensai anche alla storia di ciascuna nazione del continente. La mia mente fu riempita dai ricordi di quanto avevo letto sul periodo colonialista, sulle rivolte, sui conflitti interni tra gruppi etnici e sul suo patrimonio tribale, così decisi che avrei dovuto visitare quei posti, dal momento che ne avevo l'opportunità.

Così tante nazioni, così tante avventure si prospettavano davanti a me. Seppure, con l'eccitazione, c'era una crescente sconfortante sensazione di incertezza. Qualcosa che potevo solo percepire, che somigliava per lo più ad un segnale d'allerta.

CAPITOLO 2

- Quella stessa sera nello studio del Dottor Wright -

Quando anche l'ultimo paziente della giornata se ne fu andato, il dottor Wright tornò ad esaminare le informazioni preliminari raccolte su Ethan.

Era sicuro che sarebbe stato il candidato ideale per la sperimentazione e non poteva attendere un altro giorno per parlarne con il professor Doyle.

Nonostante l'ora tarda, prese il telefono, con lo sguardo fisso sui suoi appunti, e compose il numero del suo collega.

«Doyle» rispose, mentre stava tornando a casa in auto.

«Jason, sono Bernard. Hai un minuto per parlare?»

Mantenendo gli occhi sulla strada, Doyle rispose «Certo, sto tornando a casa, così almeno per la prossima mezz'ora sarò tutt'orecchi.»

«Bene, oggi ho incontrato un nuovo paziente che ritengo essere il candidato perfetto per la sperimentazione. So che avrei potuto aspettare domani per dirtelo, ma non sarei stato in grado dormire» disse, ridacchiando.

«Interessante. Che patologia ha?» chiese il professor Doyle.

«E' un bugiardo patologico, e secondo la prima impressione che ho avuto, è esattamente il tipo di persona che cerchiamo. Timido, di carattere mite...» rispose dando un'occhiata alle sue note.

Il professor Doyle rimase in silenzio per un momento, mentre valutava il potenziale paziente proposto dal collega.

«Sembra un caso molto interessante, effettivamente. Avremo bisogno di fargli dei test più approfonditi, e dovremo inviarne i risultati al nostro cliente. Lo psicofarmaco che stiamo testando richiede, almeno in questa fase, la personalità perfetta, lui non vuole certo spendere soldi in risultati inconcludenti. Inoltre, dobbiamo tenere a mente che questo tipo di sperimentazione richiede vittime.»

Un ghigno apparve sul volto del dottor Wright. «Lo so, ho appena inviato un messaggio al nostro cliente per averne l'approvazione. Penso che, per questa volta, dovremmo fare tutto all'estero». Prese una breve pausa per raccogliere i propri pensieri.

«Un omicidio nella nostra città o nel nostro Stato attirerebbe troppa attenzione. Quindi, considerata la generosità dei fondi a cui abbiamo accesso, sarebbe meglio far svolgere il tutto altrove. Almeno questo è quello che possiamo provare.»

Dubitando di aver compreso correttamente, il professor Doyle accostò l'auto al bordo della strada per concentrarsi meglio su quanto stava dicendo il suo collega.

«Aspetta un attimo, stai dicendo che...»

«Esattamente» lo interruppe il dottor Wright. «Ho offerto al mio paziente di viaggiare per sei mesi. Se il nostro cliente accetterà il nostro suggerimento, eviteremo il rischio di essere accusati di omicidio.»

«Ed in questo caso l'unico a pagarne le conseguenze sarà il nostro paziente... tutto ciò è brillante e perverso» disse, con voce tremante, il dottor Doyle.

«Fammi sapere cosa ne pensa il nostro cliente.»

Il suono di un messaggio in entrata sul suo computer, informò il dottor Wright dell'arrivo della risposta del loro cliente. Temendo la sua reazione, aprì la mail trattenendo il respiro e sentendo il cuore accelerare i battiti.

Gli ci vollero alcuni istanti per leggere il breve messaggio ed accertarsi di averlo compreso.

Quindi, preso un profondo respiro, crollò sulla poltrona e si appoggiò allo schienale.

«Ho appena ricevuto la risposta dal nostro cliente. È d'accordo con la nostra proposta. Non l'ha definita perversa, ma brillante, addirittura.»

«Perfetto! Allora mandami tutta la documentazione sul paziente e lo contatterò per tutti gli altri test necessari» replicò il professor Doyle, sollevato, e riavviò l'auto per proseguire verso casa.

«Certo, lo faccio subito. Buona serata!»

Appena terminò la conversazione con il suo collega, il dottor Wright si affrettò ad inoltrargli tutti i dettagli, le note e le informazioni che aveva preso quel giorno.

"Svolgere le operazioni all'estero potrebbe rivelarsi il modo migliore per tenere la nostra sperimentazione fuori dalle attenzioni della polizia. Le forze dell'ordine debbono essere tenute più lontano possibile da questo progetto."

Strinse i pugni e si alzò dalla poltrona, pronto a tornare a casa e smettere di pensare a questo progetto.

CAPITOLO 3

Sabato, dal momento in cui mi alzai fino al tardo pomeriggio, riflettei su tutti gli avvenimenti degli ultimi giorni: l'incontro con il dottor Wright e la sua folle proposta di viaggiare per curare il mio comportamento bugiardo, il pomeriggio e la serata passati con Stewart, tutti i posti del mondo che non avevo mai avuto la possibilità di visitare e che, invece, avrei visitato.

Di nuovo, ripresi la lettera tra le mani e la rilessi un paio di volte. Più la leggevo e più mi sembrava impossibile che una cosa così incredibile fosse successa a me. Temevo che la mia mente avesse confuso gli eventi e quanto ricordavo fosse una bugia; mi era successo così tante volte da perderne il conto.

Per l'intero pomeriggio la mia mente si concentrò sul viaggio, sull'incontro e su tutti i dettagli, e cercò disperatamente di ricordare questi ultimi in modo veritiero.

Un leggero sconforto, unito ad una ragionevole dose di paranoia circa la possibilità di cadere in una trappola ben congegnata, si impossessò di me mentre ero solo con i miei pensieri. La solitudine non era la migliore alleata, presi quindi il telefono e chiamai l'unica persona al mondo che poteva salvarmi da me stesso: Stewart. Mi assicurò che sarebbe venuto a casa mia prima possibile. Nel frattempo, per distrarmi dalla tempesta che lentamente si addensava nella mia mente, potevo contare su una seconda presenza, Moses.

Il suono del campanello interruppe i miei pensieri.

«Miao?» Moses mi guardò con i suoi luminosi occhi verdi.

«Credo sia Stewart. Non essere geloso».

Andai ad aprire seguìto dal mio fedele amico a quattro zampe.

«Ethan! Come va?» mi salutò, battendo il pugno contro il mio.

«Non mi lamento. E tu?» risposi, chiudendo la porta dietro di lui.

Alzando un sacchetto fino all'altezza delle sue spalle, entrò nel soggiorno. «Dal momento che si stava facendo tardi, ho pensato che avremmo potuto cenare insieme. Ho preso qualcosa dal ristorante cinese. Spero ti vada bene.»

«Va più che bene per me!»

Sedemmo tutti e due al tavolo seguiti da un incuriosito Moses che si unì a noi. Stewart aveva viaggiato molto in passato e sapeva molto dei posti che valeva la pena visitare e quelli che era meglio evitare.

Esaminammo la mappa. Tutte le nazioni offrivano posti ed eventi interessanti da visitare, ma dovevo concentrarmi solamente su alcune di esse.

Impiegammo l'intera serata per abbozzare un piano di viaggio. Era notte inoltrata quando, stanchi ma soddisfatti, esaminammo la versione finale dettagliata del mio giro del mondo.

Nella prima parte del viaggio avrei visitato l'Africa. Nel primo mese sarei stato in Marocco, Ghana, Togo e Benin. Le ultime due nazioni sarebbero state facili da attraversare, considerando che si estendono in direzione nord-sud piuttosto che est-ovest. Quindi mi sarei spostato in Nigeria, e da lì avrei potuto prendere un volo per il Sud Africa e viaggiare, in seguito, verso nord attraverso Zambia e Zimbabwe. Questa parte del viaggio avrebbe richiesto altre quattro o cinque settimane a seconda dell'itinerario.

A quel punto sarebbe iniziata la seconda parte del mio viaggio, che avrebbe avuto l'Asia come mèta e che avrebbe richiesto più tempo, data la vastità del continente ed il numero di nazioni che intendevo visitare.

Quindi dallo Zimbabwe il mio viaggio sarebbe continuato in Georgia e Azerbaigian, quindi India e Nepal, Cina e Russia.

Da lì sarebbe stato un passaggio naturale raggiungere l'Europa e visitare Finlandia, Norvegia e Svezia, spostandomi poi in Germania, Francia, Svizzera, Austria, Italia e Spagna. Ero interessato a visitare tutte le nazioni europee, ma il mio viaggio non era lungo abbastanza da permettermelo. Dalla Spagna sarei tornato a Boston con la speranza che la terapia avesse sortito gli effetti sperati.

«Beh, sembra che avrai una vacanza favolosa» esclamò Stewart, tradendo una leggera nota di invidia.

«Così sembra. Ma ho ancora dubbi al riguardo.»

«Cosa intendi? Credi che dovremmo aggiungere qualcos'altro?»

«No. Temo che non accettino la mia proposta. Forse sto chiedendo troppo o sono troppo sfacciato» cominciai a pensare. «E se loro riterranno che stia abusando della loro offerta e cerchino qualcun altro... qualcuno che non chieda un viaggio così costoso?»

Stewart mi mise una mano sulla spalla. «Ascolta, non hai alcun motivo di essere paranoico. Non sei facilmente sostituibile, perché la tua malattia non è così comune. Pensaci un momento. Se loro considereranno il tuo viaggio fuori dal loro budget, ti chiederanno di modificarlo. Non credo che cercheranno qualcun altro.»

Probabilmente aveva ragione, ma non ne fui rassicurato in alcun modo. Una fastidiosa vocina dentro di me mi diceva di dimenticarmi quel piano. "Come può un viaggio cambiare quello che sei? Se fosse stato così facile, avrebbero sviluppato questa terapia prima" pensai. Quella voce sembrava mettermi in guardia da qualcosa che non potevo nemmeno immaginare.

Non ero uno psichiatra, non avevo quindi la capacità di giudicare i loro metodi e, di conseguenza, non potevo farmi un'idea circa la correttezza del loro esperimento. Per questo motivo seguii i consigli dell'altra voce nella mia testa e smisi di rimuginarci.

Stewart diede un'occhiata all'orologio. «E' tempo per me di andarmene. Potrai sopportare la solitudine?» disse scherzando, con tono melodrammatico. «Moses, prenditi cura del tuo amico qui, perché temo di non potermi fidare minimamente di lui. Fortunatamente in questa casa qualcuno ha ancora del buon senso.»

«Penso che riuscirò a starmene da solo. Grazie di tutto. Ti farò sapere la loro risposta» dissi, spingendolo verso la porta.

«Farai bene a ricordartene, o non ti parlerò più e non mi prenderò cura di Moses durante la tua assenza.»

Lunedì mattina arrivai al lavoro prima del solito e decisi di mettere la lettera dello psichiatra sulla scrivania del mio capo.

Il coraggio non era mai stato uno dei miei punti di forza, quindi non riuscii ad affrontarlo di persona per spiegargli la situazione.

Mi vergognavo profondamente di ammettere di essere un bugiardo patologico, del resto, lui non aveva bisogno di conoscere i dettagli della mia malattia. Nonostante il mio imbarazzo una parte di me avrebbe voluto che lui ne fosse a conoscenza e, magari, provasse empatia per i miei problemi. Non ero sicuro di come avrei reagito se mi avesse chiesto la natura della mia malattia o perché avessi bisogno di un congedo così lungo.

Dopo un paio di ore durante le quali mi immersi completamente nel mio lavoro, il capo, senza bussare, si affacciò cautamente alla porta del mio ufficio prima di entrare.

La sua fronte corrucciata diceva molto circa il motivo della sua visita.

«Ciao, Ethan. Ti devo parlare» iniziò, con un evidente imbarazzo nella voce. Chiudendo la porta dietro di sé, prese lentamente una sedia e si sedette di fronte alla mia scrivania. «Ho avuto modo di leggere la lettera che mi hai lasciato sul tavolo. Mi dispiace per la tua malattia, ma devo ammettere che non è semplice per me concederti un congedo di sei mesi. Ti prego di comprendermi» aggiunse.

Annuii, cercando di trovare le parole giuste. «Certo, la capisco perfettamente, ma apprezzerei molto se trovasse un modo per aiutarmi. Guarire sarà più semplice se saprò di avere ancora il mio lavoro al mio ritorno.»

Rimase in silenzio per un po', distogliendo il suo sguardo da me. «E così sia, Ethan» disse bruscamente. «Le questioni di salute sono più importanti di qualsiasi altra cosa. Anch'io nella tua situazione vorrei ritrovare il mio lavoro.»

«Intende dire che mi permetterà di prendere sei mesi di congedo senza licenziarmi?» La sua reazione positiva mi sorprese. Ero quasi del tutto certo che si sarebbe opposto ad un congedo così lungo.

«Si. Professionalmente parlando non ho alcuna ragione per licenziarti e farlo per problemi di salute è illegale»

Prese una breve pausa guardando fuori dalla finestra.

«Non voglio trovare il tuo avvocato fuori dalla mia porta, pronto a farmi passare l'inferno. Quindi sei libero di andare, ma vorrei che mi dessi un ragionevole preavviso. Intendo dire, non sparire all'improvviso, per favore» ed un sorriso apparve sul suo volto.

«Certamente non sparirò. Appena avrò tutti i dettagli dal dottore, le farò sapere.»

Un'espressione di sollievo rilassò i tratti del suo viso. Si sentì sollevato per avere il tempo adeguato ad organizzarsi prima della mia partenza.

«Questo sarà d'aiuto, almeno per formare un sostituto per la durata del congedo» mi disse.

«Apprezzo sinceramente la sua comprensione e le prometto di tenerla informata.»

Si alzò dalla sedia e, senza dire altro, uscì chiudendo la porta dietro di sé.

Erano circa le tre del pomeriggio quando squillò il mio cellulare. «Pronto» risposi distrattamente, concentrato sul mio lavoro.

«Buon pomeriggio. Parlo con il signor Jackson?» una voce maschile e decisa chiese, senza presentarsi.

«Si, sono io. E lei è?» chiesi, con sospetto.

«Sono il professor Jason Doyle, secondo il dottor Bernard Wright lei ha acconsentito a partecipare alla nostra ricerca sui bugiardi compulsivi. Giusto?»

Quando menzionò il dottor Wright, la mia espressione si rilassò ed i miei dubbi scomparirono. «Si. Infatti, non posso ancora crederci. Sono felice di averne conferma. Come si svolgerà il tutto? Quali saranno i prossimi passi?»

«Questa è la ragione per la quale la sto contattando. Sarebbe bene che ci incontrassimo. Ho parlato con il mio collega, ma vorrei incontrarla per eseguire ulteriori test che saranno il punto di partenza della nostra ricerca. Dobbiamo verificare la sua condizione in ogni singolo dettaglio. Per questo motivo devo fissare un appuntamento con lei. Abbiamo anche bisogno di capire i suoi piani per il viaggio. Ha pensato alle destinazioni?»

Provai imbarazzo ad ammettere che con Stewart non avevo semplicemente pensato ad una destinazione ma avevo pianificato l'intero viaggio. Forse ero stato troppo sfacciato nell'organizzare un giro del mondo, ma ero così eccitato da non voler perdere questa opportunità.

«Si, ho una sorta di piano. Spero di non aver esagerato.»

«Ne parleremo» disse e non mi sfuggì il suo tono divertito. «Quando può raggiungermi all'Università?»

«Posso venire subito. La mia giornata lavorativa è praticamente finita» risposi dando un'occhiata all'orologio.

«Sarebbe perfetto. Sa come arrivare alla Clinica Universitaria?»

«Si, penso di saperlo.»

«Benissimo. Mi troverà al Dipartimento di Psichiatria e Psicologia. Può andare all'accettazione e dire che ha un appuntamento con me e verrò a prenderla» mi disse, mantenendo un tono di voce gentile.

Mentre parlavo al telefono, avevo cercato su internet le indicazioni per raggiungere la clinica il più velocemente possibile.

«Grazie. Penso di poter essere da lei in 30-45 minuti. A dopo.»

«Perfetto, l'aspetterò.»

Spensi il computer e presi il mio cappotto. A quel punto non ebbi più dubbi su quanto mi stava accadendo. Con la speranza di guarire dalle bugie che mi avevano intrappolato per la mia intera vita, uscii dall'ufficio con un sorriso smagliante in faccia, e mi diressi verso la Clinica Universitaria.

La presenza del dottor Wright all'incontro mi rassicurò.

I test a cui venni sottoposto alla Clinica durarono a lungo e molti furono, secondo me, inusuali ai fini della valutazione di una malattia mentale. Mi fecero l'analisi del sangue, una risonanza magnetica total body, un elettroencefalogramma ed un elettrocardiogramma.

Mi diedero dei questionari sulla mia personalità da compilare, mi fecero domande sulla mia condizione clinica per meglio valutare la mia situazione ed approfondire il mio problema. Non capii la ragione di tutte quelle domande. Ci fu un momento in cui credetti che il professore mi conoscesse meglio di me stesso.

Il fatto che loro stavano mettendo a nudo la mia mente, esplorandone gli angoli più reconditi e scavando in ogni ambito della mia vita personale, mi metteva a disagio ma capivo che era necessario se volevo avere l'opportunità di riprendere il controllo della mia vita.

«Lei mi ha accennato anche di avere una specie di piano per il viaggio. Può essere più preciso? Non voglio essere insistente, ma abbiamo bisogno di avere un'idea della somma richiesta per questo esperimento.»

«Sì, ce l'ho con me» dissi, cercando nelle tasche del mio cappotto. «Eccolo. Stavo pensando di fare un giro del mondo. Non deve essere necessariamente così e posso ridimensionarlo in modo più ragionevole». Il tono della mia voce si affievolì fino a diventare un sussurro.

Il professor Doyle prese il foglio per esaminarlo e poi passarlo al dottor Wright con una risatina. «Che ne dici?» gli chiese.

Il dottor Wright lo guardò attentamente e sorrise. «La prossima volta che avrò bisogno di una vacanza, mi dovrò ricordare di chiedere il suo aiuto. Questo sembra un fantastico giro del mondo.»

Mi strinsi nelle spalle e distolsi lo sguardo da loro. Avevo esagerato a pianificare così sfacciatamente il viaggio, ma la colpa era soprattutto di Stewart che si era lasciato prendere la mano. D'altro canto, per la vacanza della vita forse valeva la pena rendersi ridicolo.

«Non so cosa dire, ma sono pronto a cambiare i miei piani secondo il budget. Probabilmente sono stato ingenuo a pianificare qualcosa, senza sapere l'importo a mia disposizione.»

Il dottor Wright mi sorrise affabilmente.

«Non si preoccupi. È normale afferrare l'opportunità di una vacanza. La colpa è stata nostra, perché non le abbiamo parlato del budget. Comunque, non c'è un importo stabilito e dobbiamo sottoporre la richiesta alla commissione ed attenderne il responso. Lei non ha fatto niente di sbagliato o di stupido. Ha fatto quello che credeva fosse giusto e, al suo posto, tutti noi avremmo fatto lo stesso.»

Il tono della sua voce e le sue parole mitigarono il mio imbarazzo. Certo, chiunque si sarebbe comportato allo stesso modo. Prova ne era che anche Stewart, che era stato il protagonista nella pianificazione del viaggio, avesse esagerato.

«Tuttavia ho ancora una domanda».

Avevo bisogno di chiarire tutti i miei dubbi e questa era la migliore occasione per farlo.

«Come si svolgerà il tutto?»

«Ah, sì. Deve compilare questi fogli, ma non c'è fretta. Li può portare a casa e riportarmeli quando vuole. Non sono altro che passaggi burocratici per permetterle l'accesso al fondo, che deve essere approvato dalla commissione di ricerca. La informeremo quando saremo pronti per iniziare» disse il dottor Wright

«Ho parlato con il mio capo oggi e non è sembrato ansioso di non avermi al lavoro per sei mesi. Gli ho promesso di dargli il tempo per istruire un sostituto prima di partire.»

«Certo, lo capisco. Uhm...» mormorò il dottor Doyle, pensando per un momento. «Nel migliore dei casi posso ipotizzare che tutto inizierà tra tre mesi, quindi gli può dire che lei partirà tra quattro o cinque, per essere certi di avere il tempo sufficiente per tutti i preparativi.»

«Credo che sia un tempo ragionevole. Lo informerò subito come prima cosa domani mattina» considerai, sperando che la scadenza prevista andasse bene anche al mio capo.

Quindi uscii, pronto per tornare a casa.

CAPITOLO 4

Dopo una lunga pausa in cui tutti e due rimasero in silenzio, il professor Doyle diede un'occhiata al dottor Wright. «Che ne pensi di lui?»

«Credo sia la persona giusta per il progetto. Questa volta sono certo che avremo un altro risultato positivo.»

Il professor Doyle rimase in silenzio per alcuni istanti, immerso nei suoi pensieri, quindi scosse la testa. Prese la cartella contenente tutti i test che avevano eseguito quel giorno. «Ho ancora alcuni dubbi su di lui. D'altra parte, abbiamo bisogno di testare il nostro trattamento, soprattutto alla luce delle recenti modifiche che abbiamo apportato.»

«Andrà tutto bene. Sono fiducioso circa il suo potenziale. E senza testare non possiamo raggiungere i risultati sperati.»

«Uhm... probabilmente hai ragione» mormorò il professor Doyle. «Devo esaminare quei calcoli accuratamente e calibrare con attenzione il dosaggio degli psicofarmaci che lui assumerà durante il trattamento. Tuttavia, dobbiamo trovare un modo per accorciare i tempi. Sei mesi sono troppi. Dobbiamo riuscire a ridurre gradualmente i tempi necessari ad ottenere un risultato, passando da un mese per arrivare ad un paio di giorni.»

«Giusto, ma forse possiamo considerare di accorciare il tempo già con questo paziente. Dobbiamo trovare una soluzione» propose il dottor Wright. «E se uno di noi andasse con lui?»

Il professor Doyle lo guardò da dietro gli occhi socchiusi. «Intendi seguirlo da vicino?»

«Esatto. Che ne pensi?»

«Che potrebbe essere una grande idea. Dobbiamo pianificare come agire. Lui non si dovrà mai accorgere di essere seguito.»

CAPITOLO 5

Il sole era tramontato quando tornai a casa.

Ero esausto, e quasi meccanicamente, senza pensare a cosa stessi facendo, diedi da mangiare a Moses.

Lui era al mio fianco da sette anni, sin dal giorno in cui lo avevo trovato cucciolo in mezzo alla strada ed era diventato il mio amico più leale. Era l'unico a cui non interessava che fossi imperfetto.

Mi ritrovai a riflettere sul fatto che le persone che comprendevano il mio problema preferivano non avere alcun tipo di rapporto con me, e questa constatazione mi scoraggiò. Escludendo pochi amici, mi consideravo abbastanza solo.

***

Era settembre quando il mio telefono suonò e riconobbi il numero del professor Doyle

«Pronto» risposi, senza mostrare alcuna emozione.

«Buongiorno signor Jackson. Sono il professor Doyle. La disturbo?»

«No, assolutamente. Ci sono novità?» risposi, continuando a guardare lo schermo del mio computer.

«La chiamo per informarla che il piano che ci ha proposto è stato accettato. Spero abbia informato il suo capo, perché è giunto il momento, amico mio» disse con tono allegro.

Per la prima volta nella mia intera vita, la fortuna mi aveva sorriso, ed io ero emozionato.

«Devo ammettere che me ne ero dimenticato, ma indubbiamente queste sono buone notizie» risposi, allontanando la sedia dalla mia scrivania.

«Le è possibile venire oggi pomeriggio per accordarci su tutti i dettagli prima della sua partenza? Il dottor Wright arriverà alle cinque circa, e se lei ci potrà raggiungere, potremo definire gli ultimi dettagli» suggerì.

«Sarebbe perfetto. Ci vediamo più tardi, allora». Riuscivo a stento a trattenermi dal ridere.

Informare il mio capo della mia partenza mesi prima si era rivelata una mossa intelligente, così adesso dovevo solamente informarlo che sarei partito a breve.

Alle cinque meno dieci raggiunsi la Clinica Universitaria, sudato e con le mie mani che mi tremavano.

Nonostante il tumulto dentro di me, cercai di non arrivare all'ufficio del professor Doyle troppo in anticipo. Non volevo sembrare troppo impaziente, anche se era riduttivo definire così il mio stato, data la tempesta di emozioni che continuava ad imperversare dentro di me.

Esitante, con il fiato corto e con un incontrollabile tremore alle mie mani, bussai alla porta dello studio, e cercai di riacquistare un po' di calma prendendo un ampio respiro.

Per le seguenti due ore, parlammo in tono rilassato del piano di viaggio e dei dettagli tecnici. All'inizio ero un po' timoroso, temevo di aver esagerato chiedendo di viaggiare intorno al mondo a spese loro. Ciò nonostante, il fondo era estremamente generoso, e la mia ambiziosa proposta rientrava nel budget.

«Bene, ripassiamo un'ultima volta il nostro piano» disse il dottor Wright, cercando di concentrarsi sui dettagli del viaggio. «Questa è la camera che dovrà indossare ogni singolo momento della giornata. La può indossare come vuole a patto che l'abbia sempre su di sé.»

Mi porse una sorta di spilla all'interno della quale non avrei mai sospettato ci fosse una telecamera.

«La porterò sempre con me. Ne può essere certo» dissi, elencando tutto quello che avrei dovuto fare durante il viaggio. «Terrò un diario quotidiano, e ve lo invierò ogni sera.»

«Esattamente. Ed ogni domenica le invieremo la versione corretta che lei dovrà esaminare concentrandosi su tutte le differenze. Le daremo anche dei test da effettuare nel fine settimana» continuò il professor Doyle.

«Abbiamo bisogno di un'altra cosa da lei» disse, porgendomi una piccola scatola. «Questa contiene degli psicofarmaci che lei dovrà assumere per tutta la durata del viaggio.»

«Un attimo» dissi, allarmato. «Lei non ha mai parlato di prendere alcun tipo di medicinale.»

«Non si preoccupi. Questo fa parte del trattamento e non è pericoloso. Sono un dottore e non metterei mai la vita dei miei pazienti a rischio. Questi la aiuteranno a concentrarsi. Sono medicinali già ampiamente testati.»

La sua spiegazione non mi rassicurò. Ero sempre stato riluttante a prendere medicinali, e a giudicare dalla loro reazione, la mia esitazione fu più che evidente.

«Per favore, mi dia la possibilità di spiegarle come funziona questo farmaco» mi disse, porgendomi una delle confezioni. «Questi sono dei medicinali che prescrivo alle persone che hanno problemi di concentrazione. Sono sul mercato da molto tempo e lei non è il primo ad utilizzarli.»

Guardai la piccola scatola e la aprii per leggere il bugiardino. In effetti quello che era scritto confermava quanto detto dal dottor Wright. Mi preoccupava il motivo per il quale questo dettaglio non era mai stato menzionato in precedenza.

«Per il successo della terapia, abbiamo bisogno del suo massimo impegno e della sua concentrazione sul risultato finale. Questa non è semplicemente una vacanza, anche se lei viaggerà per il mondo. Si è impegnato a partecipare a questa ricerca, ed il successo o l'insuccesso dipendono praticamente del tutto dalla sua piena collaborazione» spiegò il professor Doyle.

Il modo in cui descrisse la situazione aveva senso e, di nuovo, mi pentii dei miei dubbi e considerai infantile il mio comportamento. Strinsi le labbra mentre gli rendevo la scatola.

Mi scappò un profondo sospiro. «Ha ragione. Mi spiace. Ero così preso dall'eccitazione di questa avventura da dimenticare la vostra ricerca. Voi state facendo il vostro lavoro, mentre io sto pensando solamente alla parte divertente di esso.»

Incapace di superare la mia vergogna, scossi la testa ed abbassai lo sguardo sui miei piedi, cercando di trovare le parole giuste per scusarmi. «La prego di accettare le mie scuse. Prenderò questi medicinali seguendo le sue istruzioni.»

Il dottor Wright sorrise. «Non ha bisogno di giustificarsi. Avremmo dovuto essere più chiari circa i medicinali da assumere.»

Dopo aver esaminato tutti i dettagli, me ne andai, pronto a mettere in valigia quanto necessario per la mia terapia.

Per le seguenti tre settimane non ricevetti alcuna notizia né dal dottor Wright, né dal professor Doyle. Evitai di chiamarli, temendo che se li avessi infastiditi con le mie richieste, avrebbero perso la pazienza ed annullato la loro offerta e, magari, avrebbero cercato una persona meno difficile di me.

Quel venerdì mi chiamò il dottor Wright, e mi chiese se avessi ricevuto la loro e-mail. Rimasi sorpreso perché non avevo ricevuto alcuna comunicazione da loro.

«Può guardare nella sua cartella di posta indesiderata?»

«Certo. Attenda un attimo, lo faccio subito.» Controllai la mia casella di posta elettronica di nuovo. «Ma guardi un po'. C'è una mail del professor Doyle. L'ha inviata un paio di giorni fa e non me ne ero accorto.»

La aprii. In allegato c'erano i biglietti aerei, la prenotazione dell'albergo ed i biglietti per i trasporti via terra per la prima parte del viaggio.

«Così tutto è organizzato. Penso che possa partire ed iniziare questa avventura» disse con voce allegra.

Il primo volo era programmato da lì ad un paio di settimane, e l'adrenalina cominciò a salire. Mi sentivo stordito.

«Sì. Grazie. Finora non ho avuto occasione di utilizzare il mio passaporto» dissi, con la voce ridotta ad un bisbiglio.

«Beh, questa è la sua grande opportunità. Ha fatto tutte le vaccinazioni necessarie?»

Annuii e risposi rapidamente. «Sì. È stata la prima cosa che ho fatto per evitare di dimenticarlo.»

«Bene, quindi non mi rimane altro che augurarle un viaggio piacevole e sicuro. Si ricordi di mandarci il suo diario quotidianamente, di tenere sempre acceso il cellulare e di avere la telecamera sempre con lei. Ci vediamo tra sei mesi.»

«Certo. Arrivederci.» Stampai tutta la documentazione, quindi andai a dare la conferma finale al mio capo. Camminando lungo il corridoio, non riuscii ad ignorare quella piccola voce dentro di me che bisbigliava circa la possibilità che la cura per la mia malattia fosse peggiore della malattia stessa. Qualcosa non tornava e l'incertezza si impadronì di me, cercando di fermare ogni passo che mi avrebbe portato più vicino a cadere in un tranello.

CAPITOLO 6

Da viaggiatore inesperto decisi di andare all'aeroporto in largo anticipo in modo che tutto filasse liscio. Preferii annoiarmi piuttosto che rischiare di non arrivare al gate in tempo.

Appena arrivato chiamai il professor Doyle per accertarmi del corretto funzionamento della telecamera.

«Pronto» rispose, con tono impegnato.

«Buon pomeriggio. Sono Ethan Jackson. La chiamo perché sono all'aeroporto e mi chiedo se tutto stia andando come previsto. Vorrei che controllasse la telecamera» dissi, continuando a camminare verso i gates.

«Buon pomeriggio, signor Jackson. Certo. Questa è un'ottima idea. Attenda un attimo in modo da connettere il mio computer.» Fece una pausa. «Si, la camera funziona perfettamente. Sta registrando ogni suo movimento. Come si sente?»

Avevo le farfalle nello stomaco. «Un po' eccitato, ma credo sia normale. Appena arriverò in albergo le invierò il mio primo resoconto quotidiano.»

«E si ricordi, non deve prendere appunti durante il giorno» mi raccomandò. «Deve scrivere tutto la sera seguendo i suoi ricordi. Questo è importante per valutare come la sua mente ricorda e riconnette i fatti, i posti e le persone.»

«Certo. Se ci sono problemi con la telecamera, mi può chiamare a questo numero. Sarà sempre acceso. Spero di avere un segnale forte ogni volta che mi vorrà contattare» risposi.

«Perfetto. Faccia buon viaggio, allora.»

«Grazie. Arrivederci» e terminai la chiamata con un sospiro di sollievo.

La prima tappa sulla mia tabella di marcia era il Marocco, in Africa. Temevo che il mio entusiasmo non mi avrebbe permesso di dormire durante il viaggio, invece, un po' per l'eccitazione un po' per l'ora tarda, appena le luci nella cabina si abbassarono, i miei occhi si chiusero.

Nel pomeriggio del giorno seguente arrivai alla mia prima destinazione: Casablanca. A prima vista mi sembrò di essere atterrato su un altro pianeta. Tutto era diverso, esotico e mozzafiato.

Temetti che, una volta finito il viaggio, mi sarebbero mancati i posti che avrei visitato.

Appena fatto il check-in in albergo, controllai se la rete Wi-Fi nella mia stanza funzionava. Fatto ciò, andai alla scoperta della città, guardando dietro ogni angolo, con l'eccitazione di un bambino. Stavo guardando il mondo con occhi nuovi.

Dopo la mia prima passeggiata nella vecchia Medina, mi fermai in uno dei tanti ristoranti. Uno dei camerieri mi accompagnò ad un tavolo e, appena seduto, mi porse il menù.

Non riuscivo a decidere cosa ordinare, né ad immaginare cosa sarebbe arrivato sulla mia tavola ordinando uno di quei piatti esotici.

"Okay, chiuderò gli occhi e lascerò che il destino decida per me." Abbassai le palpebre e lasciai il mio dito vagare per il menù finché non lo fermai.

Aprii gli occhi tentando invano di indovinare dal nome che piatto fosse. Così, quando arrivò il cameriere, ordinai quello che il destino aveva scelto per me ed un bicchiere di vino.

Il calore del mezzogiorno mi imperlò la fronte e decisi di andare alla toilette per darmi una rinfrescata. Il tempo era piacevolmente caldo, nonostante fosse inverno. A casa avrei dovuto avvolgermi in una calda sciarpa prima di pensare ad uscire.

Quando tornai rimasi a bocca aperta vedendo il mio tavolo pieno di piatti. Confuso, mi guardai intorno per accertarmi di non essermi seduto al tavolo sbagliato.

Controllai più volte e tutto confermò che quello era il mio tavolo. Presi quindi in considerazione l'ipotesi di aver ordinato un piatto da condividere con quattro persone, data la quantità di cibo presente su di esso. Chiamai il cameriere.

«Mi scusi, questo è quello che ho ordinato?» chiesi, sentendomi il più grande idiota del mondo.

«Sì, c'è qualcosa che non va?» chiese, con tono leggermente perplesso.

«Era forse una porzione da dividere tra più persone?» Il tono della mia voce si abbassò fino a diventare un bisbiglio difficilmente udibile.

«No, questo è il pasto per una persona. Guardi, qui al centro c'è quello che ha ordinato, e viene servito con una selezione di contorni» spiegò il cameriere indicando le differenti ciotole ordinatamente disposte sul tavolo.

«Capisco. Questo è come mangiano le persone in Marocco? Per favore, perdoni la mia ignoranza, ma probabilmente non sarò in grado di mangiare tutto.» Non ero sicuro di dovermi scusare per lasciare metà pasto sul tavolo.

«Questo è quello che mangiano nei giorni di festa, o quando si incontrano ad un party, ma non nella vita quotidiana.»

«Significa che ogni volta che andrò in un ristorante dovrò aspettarmi queste porzioni?» chiesi, sperando di dare un senso a quella confusione.

«Esatto, ma non si preoccupi, non deve finire tutto» e con un sorrisetto, si allontanò.

Di nuovo guardai le pietanze disposte sul tavolo e, lentamente, cominciai a mangiare. Devo essere onesto su una cosa: quel cibo fu una vera esperienza.

Mai nella mia vita avevo gustato qualcosa di simile. Il pungente sapore dello zenzero si fondeva perfettamente con il cumino e la cannella nel piatto di agnello. La succosità della carne sposava la cremosità della salsa in un matrimonio perfetto. Non riconobbi molti altri sapori, ma distintamente questi risvegliarono i miei sensi dopo la lunga camminata.

Il desiderio di assaggiare tutto e lo spazio limitato nel mio stomaco ingaggiarono una battaglia titanica, dove l'ultimo perse a favore del primo.

Volevo fissare tutto nella mia mente per portarne il ricordo sempre con me o, almeno, fino al pasto successivo.

Dopo pranzo ripresi il mio vagabondare, seguendo ogni strada, esplorando ogni minimo dettaglio di quel meraviglioso, e per me nuovo, mondo.

Ogni strada, mercato e negozio era una scoperta, non riuscivo a concentrarmi su di un singolo dettaglio.

Mi chiedevo come avrei potuto descrivere nel mio diario quanto visto e sperimentato. Era per me praticamente impossibile riuscire a trovare le parole per rappresentare lo splendore che scorreva davanti ai miei occhi.

Comunque, con il passare dei giorni, esprimere le mie sensazioni ed illustrare tramite le parole quanto vedevo divenne un compito semplice e scrivere il mio diario diventò un'abitudine.

Il primo mese di viaggio, come da programma, mi portò a scoprire l'Africa e mi resi conto di quanto ogni sua nazione era unica e diversa dalle altre.

Purtroppo, oltre al mondo, scoprii, con grande delusione, quanto i miei racconti divergevano da ciò che la telecamera registrava. Era come comparare i ricordi di due persone che viaggiavano in nazioni diverse.

Rimasi sconcertato dallo scoprire che in Marocco non avevo visitato il Bazar principale, ma avevo girato per vari piccoli mercati che niente avevano a che vedere con quello che ricordavo ed avevo descritto nel mio diario. Anche il racconto del primo pranzo non era stato del tutto veritiero. Il pasto era stato abbondante, ma niente a che vedere con la quantità di cibo per quattro persone che ricordavo. Ogni singola memoria aveva almeno una piccola differenza rispetto alla realtà, mentre, a volte, erano aspetti significanti a non coincidere.

La delusione annientò letteralmente la fiducia in me stesso, volevo mollare tutto, riconsiderare tutta la mia vita ed i miei ricordi. "Cosa è reale e cosa non lo è nella mia memoria?" Scossi la testa, incredulo. Quello che mi dava forza erano le chat serali con Stewart, che mi incoraggiava a non arrendermi.

Il primo grande cambiamento nella mia vita nomade avvenne quando raggiunsi il Ghana, dopo aver lasciato il Marocco. Il piano originale era di prenotare in anticipo tutti gli alberghi di mese in mese e decidere il modo in cui passare i confini, seguendo i suggerimenti del locale operatore turistico.

Mentre nell'atrio del mio albergo davo un'occhiata alle brochure dei tour proposti, lo sguardo mi cadde su quella per un viaggio organizzato di ventuno giorni dal Ghana al Benin, passando attraverso il Togo. Pensai fosse la migliore soluzione per visitare ogni nazione, senza darmi pensiero di come passare il confine ogni volta. Mi preoccupavano solamente gli alberghi che avevo già prenotato.

«Posso aiutarla?» chiese l'addetta al ricevimento, notando la mia espressione preoccupata.

«Non saprei, non sono sicuro» ammisi, esitando. «Ho pianificato di visitare il Benin e ho prenotato e pagato in anticipo gli alberghi. Questo tour, invece, mi darebbe la possibilità di visitare più luoghi e faciliterebbe il mio viaggio.»

«Posso chiamare l'agenzia che organizza questo tour. Magari l'agente la può aiutare a trovare una soluzione. Viene regolarmente qui per portarci le nuove brochure e per organizzare tour personalizzati per i nostri clienti. Se lei vuole, gli posso chiedere di contattarla direttamente.»

«Sì, la prego. Mi piacerebbe molto partecipare, sembra molto interessante.»

«Se oggi lei resta in hotel, gli posso chiedere di passare» mi disse.

«Grazie. Passerò la giornata in piscina. Mi troverà lì.»

Presi con me la brochure ed andai a godermi il sole. Dopo alcune ore, un uomo alto, vestito elegantemente, si avvicinò a me e si presentò come l'agente di cui mi aveva parlato l'addetta al ricevimento.

Gli espressi il mio interesse a partecipare al tour sperando di essere ancora in tempo per unirmi al gruppo che sarebbe partito di lì a due giorni. Gli parlai degli alberghi che avevo già prenotato e pagato e lo pregai di trovare una soluzione.

Ci pensò su per un secondo. «Bene, penso di riuscire ad ottenere almeno un rimborso parziale dalle varie strutture, con il quale lei potrà pagare parte della quota di partecipazione al tour. Non le prometto niente. Mi faccia provare a contattare gli alberghi che ha prenotato per trovare una soluzione. Mi può dare le sue prenotazioni?»

Le sue parole mi riempirono di speranza. Forse la mia buona stella non si era dimenticata di me. «Certo. Se può attendere un secondo, li vado a prendere.»

Annuì senza dire una parola, e corsi a recuperarle nella mia stanza.

Mentre aprivo il mio zaino, pensai che avrei dovuto chiamare il professor Doyle per informarlo del cambiamento di programma. Per il resto del viaggio considerai più saggio occuparmi dell'itinerario personalmente, addebitando la differenza di volta in volta.

Con il fiato corto tornai al bar dove l'agente di viaggio mi stava aspettando. «Queste sono le prenotazioni che ho pagato» dissi, porgendogli la cartella che le conteneva.

«Perfetto. Contatterò subito gli alberghi, e la informerò circa le loro risposte. Può continuare a rilassarsi e a godersi la vacanza. Mi occuperò del resto» mi promise con un cenno della testa.

Ci salutammo, e chiamai il professor Doyle con la speranza che la mia decisione di cambiare l'itinerario non sarebbe stata un problema. Sapevo che avrei dovuto informarlo prima di accordarmi in qualsiasi modo con l'agente di viaggio, ma l'entusiasmo di cogliere quell'opportunità aveva avuto la meglio.

Ancora una volta la fortuna fu dalla mia parte, dal momento che il professor Doyle non fece alcuna obiezione. Nonostante ciò, il tono della sua voce mi diede l'impressione che qualcosa non andasse.

Ci accordammo che da quel giorno mi avrebbero dato un importo mensile basato su quanto speso fino a quel momento e, se fossero stati necessari degli importi superiori, avrebbero provveduto loro.

Pensando al mio dovere di scrivere il diario, decisi di fare una camminata nei dintorni.

Quella sera, quando rientrai dalla mia esplorazione quotidiana, l'addetta al ricevimento mi porse una busta da parte dell'agente di viaggio.

L'impazienza di sapere cosa era riuscito ad ottenere, fu così pressante, che non potei attendere di arrivare in camera per aprirla.

«Fantastico!» esultai, quando lessi che aveva ottenuto un parziale rimborso delle prenotazioni. Se fossi stato ancora interessato, avrei dovuto pagare la quota di partecipazione direttamente all'addetta al ricevimento.

Un largo sorriso illuminò il mio viso e corsi più velocemente possibile a prendere i soldi.

Dopo un paio di giorni mi unii al gruppo di turisti con i quali avrei viaggiato per le tre settimane seguenti.

Era gradevole viaggiare con altre persone. Avevo cominciato ad essere stanco di viaggiare da solo alla scoperta del mondo e di me stesso e non avevo idea di ciò che il destino avrebbe avuto in serbo per me.

CAPITOLO 7

«Dannazione Jackson, questa non è una vacanza» esclamò con voce tremante il dottor Doyle, faticando a rimanere calmo mentre componeva il numero del dottor Wright.

«Ciao, Jason» rispose il dottor Wright, riconoscendo il numero del suo collega.

«Ho appena ricevuto una telefonata dal signor Jackson ed immagino tu sappia già tutto se stai seguendo le sue mosse». I suoi piedi tamburellavano nervosamente mentre cercava di mantenere la voce ferma.

«Si, lo so, ma non credo che questo possa procurare alcun problema a noi, al nostro cliente, al programma o al fondo» rispose, sentendo il tono teso della voce del collega. «Ci obbliga a cambiare alcuni aspetti del programma, ma il fatto che sia in gita organizzata ci permette di sapere ogni suo movimento in anticipo. Appena potrò parlare con il nostro cliente, lo informerò di questo cambiamento.»

Il professor Doyle scosse la testa. Si alzò dalla sedia, e prese a camminare come un animale in gabbia avanti e indietro nella stanza. «Onestamente questo piano mi sta solo facendo innervosire. Perché abbiamo accettato che andasse così lontano?»

Un ghigno divertito si formò sulle labbra del dottor Wright. «Su, Jason, lascia che il signor Jackson si goda questa vacanza finché può. Presto entreremo nella seconda fase della sperimentazione, dobbiamo mantenere la calma. Non possiamo permettere che queste piccole variazioni al piano originale distolgano la nostra attenzione dalla ricerca.»

Il professor Doyle inspirò profondamente, chiudendo gli occhi e concentrandosi sui battiti del cuore. «Hai ragione. Dobbiamo rimanere concentrati. Fammi sapere se sorgono altri problemi con il nostro cliente e tieni d'occhio il signor Jackson: sembra essere imprevedibile.»

«Lo farò, non ti preoccupare» rispose il dottor Wright, terminando la chiamata.

Riponendo il cellulare in tasca, guardò fuori dal vetro oscurato del taxi privato che aveva preso.

Sicuramente c'erano dei dettagli che avevano sottovalutato, ma adesso dovevano andare avanti.

Con un gesto fece cenno all'autista di riprendere la marcia.

CAPITOLO 8

La prima tappa della giornata fu la città di Accra. La visitammo quasi per intero e la cosa non mi dispiacque.

Mentre stavamo camminando verso un mercato all'aperto, sentii una voce femminile chiedere «Viaggi da solo?»

Mi voltai non sapendo se la domanda fosse rivolta a me. Una graziosa ragazza con i capelli ricci arruffati e gli occhi luminosi del colore del mare camminava al mio fianco in attesa di una risposta.

«Oh, stavi parlando a me?»

«Così sembra» mi rispose.

«Si, viaggio da solo. E tu? Sei con il tuo ragazzo?»

«Non ce l'ho, sono ancora sul mercato» rispose, strizzandomi l'occhio. «Sono con mia sorella» continuò, indicando una ragazza che curiosava tra le bancarelle del mercato.

Quella risposta mi fece sorridere. Per un motivo a me sconosciuto ero contento che era single, ma anche consapevole che lei non era per me. Del resto, ero sicuro di non poter impegnarmi in una nuova relazione, almeno fino a quando il mio problema non sarebbe stato risolto.

«Mi chiamo Karen. E tu?»

«Ethan. Ethan Jackson. Piacere di conoscerti» risposi mentre le stringevo la mano, temendo di essere arrossito.

Passandosi una mano tra i capelli, lei continuò «Questa è la mia prima volta in Africa. Non ho mai tempo per fare lunghi viaggi dal momento che il mio lavoro mi assorbe moltissimo. Ma questa volta volevo assolutamente visitare un posto speciale. Mia sorella compirà trent'anni la prossima settimana, così abbiamo deciso di cogliere l'occasione per fare un viaggio insieme.»

«Di dove sei?» chiesi, cercando di indovinarlo dal suo accento.

«Di Heidelberg, in Germania. E tu?» mi chiese guardandomi con i suoi luminosi occhi azzurri.

«Di Boston». Difronte a quegli occhi non riuscivo a trovare le parole.

«Veramente? Ho sempre sognato visitare gli Stati Uniti. Com'è Boston?»

«Grande ed affollata, ma è la mia città e le persone sono amichevoli». Le volevo dare la migliore descrizione della città dove vivevo, anche se ero consapevole che l'unico modo per conoscere veramente un posto era quello di viverci.

«Sembra un posto dove non hai un attimo per stare da solo» rispose con una risatina.

«Dipende dai vicini che hai. Non so se non sono bravo a socializzare, ma riesco a trovare posti dove stare da solo senza fatica» dissi, alzando le spalle.

«Io vivo un po' fuori dalla città, quindi posso trovare tutta la pace che voglio ogni volta che voglio. La cosa che mi piace di più è fare lunghe camminate nei boschi» disse lei.

«Deve essere meraviglioso. Com'è la Germania?»

«La Germania è un posto magnifico dove vivere, almeno dal mio punto di vista. Da una parte ci sono grandi città come Berlino, Francoforte che sono il cuore della vita politica ed economica del Paese, dall'altra cittadine più piccole e paesi così diversi, dove sembra che il tempo si sia fermato. In ogni caso hai sempre la possibilità di raggiungere i boschi» disse giocando con un laccetto della sua borsetta.

«Sembra un bel posto».

«Dovresti venire a visitare la Germania se non ci sei mai stato» proseguì. «Eri mai stato in Africa prima?»

«No, questa è la mia prima volta, anche se sono già dieci giorni che sono arrivato e conto di viaggiare per altri sei mesi».

«Wow, sei mesi?» esclamò, sgranando gli occhi.

«Beh, non è come sembra. Non sono una persona ricca che sta girando il mondo. Questo viaggio per me è una sorta di terapia.» Non ero ancora pronto a rivelare di più.

«Forse sono un po' indiscreta, e tu non mi devi alcuna spiegazione, ma che tipo di terapia? Hai avuto un esaurimento nervoso?»

«Una cosa del genere, anche se nemmeno io so come definirlo» risposi, cercando di restare sul vago. Pur non amando le persone che cercano di immischiarsi nei fatti altrui, lei mi piaceva. Il suo modo di porre domande personali era così innocente, che era impossibile resisterle.

La ragazza che mi aveva indicato come sua sorella venne verso di noi con in mano un vestito colorato. «Che ne pensi? Sarebbe il regalo adatto per una donna di mezza età che sembra ancora giovane?»

Con un cenno le sorrisi. «Potrebbe essere adatto, ma dipende dalla donna.»

«Giusto. Comunque io sono Bettina» si presentò, scrutandomi dalla testa ai piedi.

«Piacere di conoscerti. Mi chiamo Ethan.»

«Viene dagli Stati Uniti» cinguettò con entusiasmo Karen.

«Non far caso a mia sorella. Va matta per gli Stati Uniti. Io non ne sono una grande fan, niente di personale, ovviamente. Quindi di dove sei?»

«Vivo a Boston. Karen mi ha detto molte belle cose della Germania e mi piacerebbe molto visitarla. In effetti potrei anche farlo nel prossimo futuro e potrei avere bisogno di alcune dritte su cosa visitare» dissi.

«Questo deve essere il tuo giorno fortunato. Lavoro in un'agenzia di viaggi e potrei aiutarti» si offrì, sorridendo.

«Fantastico, ma piuttosto che vedere solo le attrazioni turistiche, mi piacerebbe capire perché Karen la ama così tanto. Vorrei vedere sia le attrazioni turistiche, sia le bellezze naturali. Inoltre, mi interessa la vita quotidiana delle persone.»

«Bene, questo è il mio biglietto da visita. Non hai bisogno di prenotare alcun tour, ma possiamo restare in contatto per posta elettronica. Mi farebbe piacere aiutarti per quanto possibile» mi disse, sorridendo.

Presi il biglietto da visita e lo misi nella tasca della camicia. «Grazie, lo apprezzo molto.»

Quando si allontanò per raggiungere la sorella, iniziai a concentrarmi sui dettagli del mercato, anche se, fino a quel momento, niente aveva attirato la mia attenzione.

«Adesso Ethan devi concentrarti sulla tua terapia. Non sei qui per divertirti con la prima ragazza che ti capita. Oltretutto non è nemmeno alla tua portata» continuava a dirmi la voce della ragione.

Più tardi quella sera, raggiungemmo l'albergo della nostra prima destinazione vicino al confine con il Togo. Prendemmo le chiavi delle nostre stanze, ma non c'era abbastanza tempo per fare una doccia e scrivere qualcosa nel mio diario. Era quasi ora di cena ed ero così stanco che decisi di scrivere subito il mio diario. Ero certo che non sarei riuscito a farlo se avessi rimandato a dopo cena.

Avevo appena spento il mio computer quando sentii bussare alla porta. Senza chiedere chi fosse, aprii e rimasi stupito quando vidi Karen che mi sorrideva.

«Ti perderai la cena!» mi gridò.

Con una smorfia la guardai, ero certo che era ancora presto. «Che ore sono?»

«Sono le sette e mezza. Vieni, tutti ti stanno aspettando.»

Presi la chiave della stanza e mi affrettai con lei. «Il mio orologio deve essersi fermato» mi scusai, guardando quello al mio polso.

Mi sorrise e distolse lo sguardo da me, continuando a tenermi per mano.

Senza nemmeno pensarci, seguendo il mio istinto, feci una cosa di cui sapevo mi sarei pentito per il resto della vita. Con mossa fulminea la tirai a me e, quando mi fu di fronte, la strinsi forte e la baciai.

"ETHAN, FERMATI, DANNAZIONE!" urlò una voce, dentro la mia testa.

Decisi di ignorarla. Il suo corpo contro il mio ed il sapore delle sue labbra mi fecero dimenticare il mio comportamento irresponsabile ed inaccettabile. Ero certo che mi avrebbe respinto e schiaffeggiato per essermi comportato come un bruto, ma non avevo potuto resistere.

Mi piaceva baciarla, anche se mi aspettavo da un momento all'altro una sua reazione violenta, che invece non arrivò, anzi, lei rispose al mio bacio.

E non solo, ma prese i miei capelli, stringendomi sempre di più a lei e spingendomi verso il muro.

Ero in estasi.

Continuammo a baciarci sognando che il tempo si fosse fermato, incuranti di essere visti da chiunque passasse. Poi, all'improvviso, lei si scostò e gridò «Cena!»

Rimasi impietrito per un attimo, mentre cercavo di capire cosa avesse detto, poi mi ricordai che tutti gli altri ci stavano probabilmente aspettando.

Con un rapido bacio sulla fronte, sorrisi. «Parleremo dopo, allora». Ero divertito mentre raggiungevamo gli altri.

«Ci vediamo alle undici, qui nell'atrio» mi sussurrò, prima di entrare nel ristorante.

Con un largo sorriso annuii. Poi mi tornò in mente la ragione del mio viaggio ed il primo problema si presentò come un fantasma dalla nebbia. "Come spiegherò tutto questo al dottor Wright ed al professor Doyle? Cosa ne diranno? Non posso mentire, la mia telecamera lo ha registrato."

A quel punto non mi preoccupava la possibilità che il mio viaggio avrebbe potuto essere interrotto, quanto il fatto che con esso sarebbe terminata anche la mia terapia.

"Devo guarire dalla mia malattia. Devo risolvere il mio problema". La disperazione si impadronì di me, mentre le mie mani cominciarono a tremare, temevo che non solo avrei dovuto interrompere la terapia ma anche la mia nuova relazione con Karen.

***

Più tardi quella sera ci incontrammo nell'atrio.

«Ciao», bisbigliai timidamente.

«Ehilà» rispose con un sorriso raggiante.

Per un interminabile numero di secondi rimanemmo in silenzio. Era come se non riuscissimo più a parlare.

Cercando la sua mano, la presi gentilmente tra le mie ed un sorriso apparve sul mio viso a quel tocco. Come il suono stridulo delle unghie su una lavagna, mi ricordai il motivo della mia vacanza.

Era il momento di essere completamente onesto con lei. Aveva il diritto di sapere della mia condizione mentale, e senza pensare a quanto sarebbe stato difficile, feci del mio meglio per spiegarle tutto. Troppe persone avevano sofferto a causa della mia abitudine a mentire e non ne volevo aggiungere un'altra.

«Ethan...» esordì, con voce stentata, dopo una lunga pausa. «Non so cosa dire. Sostieni di essere un bugiardo patologico ed io dovrei credere a questa storia?»

«So che suona folle, ma te lo posso dimostrare. C'è tutta la documentazione e ci sono tutte le mail che ho scambiato con il mio psichiatra. Inoltre, dovrei ancora avere una copia della lettera che lui ha scritto al mio capo». Cercavo disperatamente di spiegarle la situazione. «Sono un bugiardo, ma questa volta ti sto dicendo la verità. Posso confondere gli eventi nella mia mente, ma non direi mai una bugia circa i miei sentimenti, e non mento quando dico che da quando ti ho incontrata non ho smesso di pensarti.»

Arrivammo alla mia stanza dove le avrei mostrato tutto. Si sedette sulla sedia di fronte alla scrivania ed esaminò tutta la documentazione. Quando finì di leggere, sollevò lo sguardo verso di me e sorrise. «Mi hai detto la verità. Possiamo dire che non sei un completo bugiardo?»

Mi sentii sollevato, la mia espressione si rilassò, e fu come se mi fosse stato tolto un peso dal cuore. «Almeno puoi essere sicura che non sono un bastardo.»

«Questa è la cosa più importante per me, la consapevolezza che non mi farai soffrire di proposito. Nessuno è perfetto, e penso che sia un ottimo punto di partenza il fatto che tu stia seriamente provando a risolvere il tuo problema.»

Si alzò dalla sedia e mi strinse forte, baciandomi delicatamente. Non ero innamorato di lei, ero folle di lei.

Quando si scostò da me, provai come una sensazione di vuoto e mi sentii perso. «Lo potrai sopportare?»

«E' troppo presto per pensarci. Vediamo cosa succede in queste tre settimane» suggerì, abbassando lo sguardo.

Guardai l'orologio con un breve lamento «Dobbiamo andare a dormire, o non ci sveglieremo mai in tempo domani mattina.»

Speravo che innamorarmi di Karen non fosse l'unica notizia positiva e che altrettante ce ne sarebbero state nel futuro.

Decidemmo di frequentarci per capire se la nostra relazione appena nata avrebbe avuto un futuro. Avevo bisogno di credere in quel sogno che mi faceva sentire vivo come non succedeva da molto tempo.

Il giorno seguente raggiungemmo il confine con il Togo. Ci volle un lungo viaggio in auto per arrivarci, ma dormii per l'intera tratta, dimenticando di notare nient'altro che i miei sogni. Mi svegliai solo per le formalità del controllo al confine, addormentandomi di nuovo appena ci rimettemmo in marcia.

«Svegliati, bello addormentato. Siamo arrivati al campeggio.» Una voce interruppe il mio sonno e qualcuno mi scosse.

Aprii un occhio e mi ci vollero alcuni secondi per aprire l'altro. «Dove siamo?»

«Siamo nella regione del Monte Klouto» spiegò Janet, una dei partecipanti al tour.

Mi sentivo frastornato e avevo bisogno di un massaggio, ma cercai di svegliarmi per esplorare con gli occhi quel posto, in modo da avere qualcosa di cui scrivere sul diario. Fortunatamente il giorno seguente sarei stato libero di esplorare le bellezze naturali del posto e, forse, di visitare il villaggio.

Per una volta saremmo stati liberi di organizzarci senza seguire un programma prestabilito. Non tutte le gite erano obbligatorie, così potevo pianificare le mie esplorazioni e passeggiate liberamente.

Una cosa che cominciava a non piacermi erano le gite organizzate ai villaggi ed ai quartieri poveri. Mi facevano sentire come un idiota che andava allo zoo per vedere gli animali tenuti in cattività, lontani dal loro habitat naturale, per il divertimento delle persone. Quello che era peggio, in questo caso, era che non c'erano poveri animali da guardare: quelle erano persone come noi, non un'attrazione da circo.

Per questa ragione decisi di saltare quella parte e concentrarmi sul paesaggio e su Karen.

La sua presenza aveva portato nella mia vita una boccata d'aria fresca. Non cercavo più di osservare e di concentrarmi su quanto accadeva durante la giornata, ma mi godevo quanto avveniva, e speravo che facesse la differenza nel diario.

Facemmo tutte le cose che fanno le giovani coppie quando viaggiano assieme: ridemmo, ci facemmo foto divertenti e ci scambiammo tenerezze. Le parlai della mia vita e di Moses, avvertendola che non tutto quello che le avrei detto sarebbe stato necessariamente vero.

«Questa è la prima volta che un uomo mi dice che potrebbe mentirmi. Generalmente mentono per impressionarmi.» Abbassò lo sguardo sulle nostre mani con le dita incrociate. «Almeno se scoprirò che mi avrai mentito, non potrò biasimarti».

«Nonostante i miei problemi con le bugie, voglio essere onesto con te. Prima di sapere della mia malattia ho fatto soffrire molte persone, e non voglio che accada lo stesso con te.»

«Non lo farai. Sono io ad aver deciso di correre il rischio.»

I giorni passavano e non potevo fare a meno di rimanere estasiato davanti ai meravigliosi posti che visitavamo, alle diverse culture ed alle persone che incontravamo. Guidammo attraverso il Togo fino al Benin, attraversando la regione del Tata Somba e soggiornando in eco-alloggi. Apprendemmo lo stile di vita locale e, inevitabilmente, lo confrontammo con il nostro.

L'undicesimo giorno del nostro tour era domenica. Tenendo gli occhi chiusi, cliccai sul documento che avevo ricevuto per mail, cercando di indovinare il momento giusto per riaprirli e leggere la versione corretta del mio diario.

Aprii un occhio, ma non riuscendo a vedere bene, fui costretto ad aprire anche l'altro. Sembravano esserci leggermente meno correzioni, e mi chiesi se fosse grazie a Karen, o magari perché la terapia stava dando i suoi frutti.

Lentamente continuai a scorrere l'intero documento.

Con un sorriso compiaciuto mi resi conto che c'era stata una gita organizzata ai quartieri poveri, e avevo deciso di non andare. Era anche vero che avevo passeggiato tutto il tempo con Karen facendo buffe foto con la sua macchina fotografica. Ed avevo detto la verità quando avevo raccontato di essere stato così stanco da aver dormito durante tutto il viaggio verso la regione del Monte Klouto. C'erano comunque ancora molte correzioni in rosso, e speravo che sarebbero consistentemente diminuite settimana dopo settimana.

Quelle correzioni mi dicevano che non era vero che avevo passeggiato di notte da solo, dal momento che era vietato lasciare il perimetro degli eco-alloggi a causa degli animali selvaggi.

Ancora, fui deluso dall'apprendere che non c'erano stati elefanti ad attraversare la proprietà, ma era successo ad alcune centinaia di metri di distanza.

Forse la terapia stava cominciando a dare alcuni risultati ed io non avrei più mentito, o almeno avrei mentito solo quando lo avessi voluto, non a causa di un problema della mia mente.

Mentre meditavo sui risultati della terapia, decisi di verificare le differenze tra i vecchi diari e quelli più recenti.

«Non può essere vero!»

Contai tutte le correzioni nelle precedenti versioni: 2.400 correzioni in 3.000 parole, praticamente l'80% di quanto scrivevo nei primi diari era una bugia. Dannazione! Mi ricordavo che erano meno. La mia mente aveva di nuovo fatto confusione tra bugie e verità.

Quindi cominciai a contare quelle nei diari più recenti: 1.000 correzioni su 4.120 parole.

Quattro volte le calcolai e le annotai su fogli separati. Misi un segno per ogni correzione in rosso, le ricontai e le appuntai come numeri.

La mia mente non mi ingannava questa volta. Avevo cominciato con l'80% di bugie ed ero arrivato al 20%. Era surreale. Potei dire di avercela quasi fatta e fui più disponibile a fare i test che mi avevano inviato assieme alla versione corretta del mio diario.

La maggior parte dei giorni seguenti viaggiammo attraverso il Benin. Rimasi affascinato dal colore rosso intenso della sabbia e dei posti pieni di colori che attraversammo. Il viaggio non fu propriamente confortevole. Le strade sembravano fossero state asfaltate molto tempo prima ma non fosse mai stata fatta alcuna manutenzione. La sabbia rossa, depositata sull'asfalto, creava un'ingannevole illusione di continuità, che svaniva al momento in cui si passava sopra le innumerevoli buche. Viaggiare su quelle strade era una sfida alle sospensioni dell'auto. E questo non era l'unico problema. C'era anche quello delle buche più grandi che andavano assolutamente evitate. Nonostante ciò, riuscii spesso a dormire.

Un'altra caratteristica della circolazione in Benin era l'attenzione che andava prestata ai veicoli circolanti nelle altre direzioni di marcia.

Moltissime volte dovemmo rallentare perché alcuni mercanti, approfittando della condizione precaria delle strade e della ridotta velocità di crociera, tendevano a fermare le auto per vendere frutti o pane. Mi sarei in seguito reso conto di come questa fosse un'usanza abbastanza comune quando si viaggia in Africa. Sicuramente, anche se il viaggio viene rallentato, è un modo semplice di fare acquisti.

Mentre i giorni passavano non potevo fare a meno di pensare che presto Karen sarebbe ritornata in Germania e avrei ripreso il mio viaggio.

Avremmo ancora chattato e ci saremmo sentiti? La nostra relazione sarebbe finita e le nostre vite sarebbero proseguite come se niente fosse successo?

Non volevo pensarci. Mi stavo innamorando di lei e sia che sarebbe stato l'amore di una vita o un flirt da vacanza, volevo viverlo intensamente.

Camminando a fianco di Karen mi sembrava di poter sentire i suoi pensieri e preoccupazioni; erano gli stessi miei. «Cosa succederà tra sei giorni?» chiese, all'improvviso.

Colto di sorpresa dalla sua voce, non seppi darle una risposta. Un groppo mi si formò nella gola impedendomi di articolare una sola parola.

Lacrime sgorgarono dai miei occhi all'idea di salutarla, io odio gli addii.

«Probabilmente prenderemo strade diverse, ma non voglio rinunciare a quello che proviamo.» La mia voce era un roco bisbiglio, pieno di dolore e paura. «Dobbiamo tentare, almeno fino a quando saremo certi di cosa proviamo l'uno per l'altra. In questo senso essere divisi può esserci d'aiuto» dissi, cercando di essere razionale, ma sapevo che stavo mentendo a lei ed a me stesso.

Si fermò e mi fissò negli occhi. «Non credi ad una sola parola di ciò che stai dicendo, vero?»

Mi sentii come un bambino sorpreso a rubare marmellata in cucina.

«Karen, non è questione di cosa credo o meno ma di quello che sento, e non voglio abbandonare la nostra relazione così. Voglio darci almeno una possibilità e questo è quello che farò da oggi in poi.»

Lei abbassò lo sguardo. «Mi dispiace. Forse ho avuto una reazione eccessiva. Anch'io temo quello che sarà il futuro.»

Quella notte, come le precedenti, facemmo l'amore, senza pensare a quanto il mio psichiatra ne avrebbe saputo o meno. Quelli erano i momenti di cui avevamo bisogno per connetterci intimamente e da custodire gelosamente per il futuro.

Nessuna parola avrebbe mai potuto descrivere cosa provavo facendo l'amore con lei. La perfezione dei nostri corpi che si fondevano per crearne uno solo, un'entità perfetta. Quelli erano i momenti in cui dimenticavo di essere in terapia e che ogni singola cosa era registrata da una telecamera. Non c'era alcun dottore o professore e, cosa più importante di tutte, non c'erano bugie.

Mi chiedevo se questo sarebbe stato valutato come un miglioramento dal punto di vista del mio psichiatra.

Nell'ultimo periodo non avevo avuto molto tempo per rimanere in contatto con Stewart, e sperai di non averlo offeso, ignorandolo. Era pur vero che non avevo avuto tempo per fare molto altro. Tutto quello che desideravo era utilizzare quell'ultima parte del viaggio per rafforzare il mio legame con Karen, scrivere i miei diari quotidiani e viaggiare. Era un periodo abbastanza movimentato.

"E' così folle pensare che quasi mi manca la mia vita noiosa a Boston" pensai divertito.

Feci un resoconto su tutto. Dalla visita emotivamente intensa alla "rotta degli schiavi" in Benin fino al Tempio del Pitone, il serpente consacrato alla divinità Dangbè in Togo, passando per Togoville, considerata il cuore della religione voodoo con il suo mercato dei feticci e la visita dal dottore voodoo dal quale ricevemmo una benedizione secondo il suo credo.

L'ultimo giorno andai all'aeroporto con Karen e sua sorella Bettina. Sebbene il mio volo partisse più tardi, volevo stare con lei più a lungo possibile. Ci scambiammo tutti i nostri contatti: chat, numeri di telefono, indirizzi di casa. Decidemmo che avremmo fatto il possibile per mantenere la nostra relazione fino alla fine della mia terapia. Dopo di che avremmo trovato un modo per costruire una vita insieme.

Sapevo che non sarebbe stato facile e temevo che non saremmo riusciti a mantenere una relazione a distanza, soprattutto a causa della mia malattia mentale.

Quando Bettina si allontanò per sbrigare alcune commissioni rimanemmo soli, cercando di trovare le parole giuste.

«Questo non è un addio, Ethan» disse, con voce tremante.

Nel disperato tentativo di trovare qualcosa da dire, la strinsi forte a me, ma tutto sembrò vuoto. In fin dei conti potevo essere sicuro che qualsiasi cosa dicessi sarebbe stata la verità?

Il mio cuore sobbalzò nel petto ed i miei occhi si riempirono di lacrime.

«Karen non voglio starti lontano, nemmeno per un giorno» iniziai a dire, ricacciandole indietro. «Non ho mai provato questi sentimenti per nessun'altra donna.»

«Questo è esattamente quello che provo anche io, Ethan. Vedremo cosa ci riserverà il destino. Forse non sarebbe stata una cattiva idea provare una di quelle pratiche voodoo» disse, provando a sorridere.

«Se solo ci fosse stata una possibilità che avessero funzionato. Sfortunatamente, da quello che ho visto, era più un abracadabra... niente di reale.»

Con il cuore a pezzi la guardai andare verso il controllo di sicurezza. Io avevo ancora un'altra ora prima che aprisse il mio sportello per il check-in.

Un triste lamento mi sfuggì di bocca. "Non sarà facile."

CAPITOLO 9

Come avevo temuto, separarmi da Karen fu una delle prove più dure della mia vita.

Sebbene il mio viaggio continuò senza di lei, continuammo a chattare ogni sera.

A dicembre raggiunsi Johannesburg, in Sud Africa. Era la prima volta che passavo il Natale lontano dalla mia famiglia, ed era anche la prima volta che passavo un Natale d'estate.

Avevo notato che, da quando avevo cominciato a frequentare Karen, ero decisamente migliorato ed il mio diario cominciava a coincidere con quanto registrato dalla telecamera.

Un giorno il mio telefono suonò inaspettatamente. «Buongiorno, signor Jackson» mi salutò il dottor Wright. «O meglio, buon pomeriggio, visto che lei deve avere già pranzato.»

«Buongiorno a lei. Si ho finito di pranzare alcuni minuti fa. Adesso sto tornando in albergo.»

«La sto chiamando per parlare della ragazza che ha conosciuto in questo viaggio» esordì, per spiegare il motivo della telefonata.

«Intende Karen?» Quando la menzionò rimasi a bocca aperta.

«Si. Ha avuto una sorta di relazione romantica per tre settimane. Mi chiedo quale sia il suo stato mentale adesso che ha ripreso a viaggiare da solo.»

«Senza di lei mi sento incompleto e mi manca» gemetti, guardando quello che mi circondava. «Non sono sicuro di amarla. Del resto, abbiamo passato veramente poco tempo insieme per essere certo dei miei sentimenti, ma...»

Non c'erano parole per descrivere cosa provavo, perché non riuscivo a comprenderlo nemmeno io.

«Non voglio essere un ficcanaso nelle sue questioni personali. Le mie domande non vogliono essere indiscrete. Ciò nonostante, vorrei che mi informasse circa qualsiasi cambiamento nella sua vita per meglio capire qual è la causa scatenante della sua malattia e farla guarire.»

«Vorrei poterlo capire anche io. Lei è entrata nella mia vita come un tornado, e quando le ho detto di essere un bugiardo patologico, non mi ha giudicato. Ha accettato il fatto che non sono perfetto e ha imparato a prendere le mie parole con la dovuta cautela» ammisi. «Lei è un ulteriore motivo per voler risolvere il mio problema. Voglio avere una relazione sincera con lei, anche se la sincerità non è l'unico problema che dobbiamo affrontare. Lei vive molto lontano da me.»

«Questo potrebbe essere interessante. Era mai stato innamorato prima?» mi chiese. «Prova lo stesso sentimento che provava per le sue precedenti ragazze? Ha mai pensato di indagare i motivi del suo comportamento per far funzionare una delle sue precedenti relazioni?»

Per un momento rimasi in silenzio a riflettere su quelle domande. Forse questa era la prima volta che provavo certi sentimenti. Le precedenti relazioni erano finite perché non ero innamorato e, quindi, non mi interessava essere una persona migliore per le mie ex ragazze.

Parlammo a lungo, una sorta di seduta psicanalitica per telefono. La mia fiducia nella terapia aumentava sempre di più. La certezza di tornare a casa da uomo nuovo si faceva strada dentro di me, un uomo che aveva il controllo di quello che diceva che fosse una bugia o la verità.

Guardai l'orologio, erano le tre e mezza. Durante la telefonata non avevo pensato a cosa scrivere nel mio diario. Nonostante la mediocrità dei mezzi di trasporto, la città era pulita. Non somigliava ad alcuna delle nazioni che avevo visitato in precedenza.

Alle cinque circa tornai in albergo, con la chiara consapevolezza di essere stato derubato dal tassista. Entrai abbastanza deluso e senza voler andare da qualsiasi parte il giorno seguente. Ero pronto a lasciare la città ed anche la nazione se fosse stato il caso

Con un pigro movimento aprii il mio portatile e cominciai a scrivere il mio diario. Non avevo idea da dove mi venisse l'ispirazione, ma, all'improvviso, una miriade di dettagli del giorno apparve davanti ai miei occhi. Tutto quello che dovevo fare era descrivere quelle immagini.

Sperai che quei ricordi fossero più reali dei precedenti e che fossi riuscito a dare una versione veritiera della giornata.

Quando non ebbi più niente da scrivere, lo inviai, sperando di ricevere un riscontro positivo. Passai alla chat, ma questa volta, volevo parlare solo con Karen, quindi misi il mio profilo in modalità invisibile e la chiamai.

Avemmo una lunga conversazione. Quando la vidi nello schermo, la mia solitudine scomparve, lei era l'unica che volevo nella mia vita di tutti i giorni.

Nonostante ciò, temevo il giorno in cui non mi sarebbe più bastato vederla sullo schermo del computer. Avevo paura che dopo quel momento ci sarebbero state delle decisioni da prendere e, forse, avremmo dovuto lasciarci.

Il tempo passava e dopo due giorni arrivai all'Aeroporto Internazionale di Cape Town. Dopo aver preso il mio bagaglio mi avviai verso l'uscita in cerca di un taxi.

«Buona sera» dissi, avvicinandomi ad un tassista.

«Buona sera. Dove posso portarla?»

Tirai fuori il biglietto che avevo stampato con l'indirizzo dell'albergo. Il nome della via era abbastanza difficile da pronunciare per me e temevo di dare l'indirizzo sbagliato.

Il tassista esaminò il biglietto ed annuì.

«Quanto costa?»

«260 Rand» rispose, senza nemmeno guardarmi.

Non avevo idea di quanto fosse distante l'albergo, ma quella cifra mi sembrò eccessiva. Erano circa 26 dollari americani, ma a quell'ora del giorno il taxi era l'unica opzione, così senza replicare, salii e provai a rilassarmi.

Il tempo peggiorò quando arrivammo in città. Il vento soffiava come se dovesse giungere una tempesta.

Sperai non ci fosse un uragano in arrivo, ma in tal caso, immaginai che ci avrebbero informati all'atterraggio. Inoltre, pensai che l'aereo avrebbe avuto dei problemi ad atterrare.

Arrivai all'albergo ed ebbi difficoltà a raggiungere la reception con il mio bagaglio.

«E' questo il tempo abituale qui a Cape Town?» chiesi all'addetta al ricevimento, porgendole il passaporto.

«Cape Town è una città ventosa a causa delle montagne. A volte il vento continua per molti giorni.»

«C'è un bollettino meteo?» chiesi, incuriosito.

«Le previsioni promettono che cesserà nei prossimi due giorni e, di solito, sono affidabili. Alloggerà qui per circa una settimana?»

«Sì, questo è il piano» risposi, valutando se fidarmi o meno.

«Allora avrà la possibilità di visitare la città quando non c'è vento e fare una piacevole escursione alla Montagna della Tavola.»

«E' quello che spero» risposi, scuotendo la testa, mentre prendevo la chiave.

Entrai nella mia stanza e guardai fuori dalla finestra. Il vento soffiava così violentemente che sembrava volesse sradicare tutti gli alberi ed abbattere le case, portandole, magari, in mezzo al mare.

In vita mia non avevo mai visto una tempesta così violenta, e questa era abbastanza spaventosa. Mi venne il dubbio che la mia fosse una reazione eccessiva.

Ci vollero esattamente tre giorni prima che il vento diminuisse in modo da permettermi di arrivare in cima alla montagna con la funicolare. Quando arrivai lassù mi resi conto di non essere l'unico ad avere aspettato che il vento si calmasse. Valutai la fila e decisi di rinunciare. Presi una strada secondaria che mi avrebbe permesso di raggiungere la cima in tre ore di cammino.

Ero interessato, soprattutto, a scattare fotografie del panorama e fare un'escursione nella natura.

Il tempo era piacevole ed una leggera brezza rendeva la mia marcia semplice da affrontare. Nonostante ciò, non raggiunsi la cima della montagna dato che le mie gambe erano diventate molli già a metà tragitto. Ammirando la valle dietro di me, mi sedetti su una roccia e rimasi ad ammirare la vista in silenzio.

Non c'era nessun altro oltre me, dal momento che la maggior parte delle persone aveva preferito evitare questo modo impegnativo per arrivare in cima. Solo un occasionale escursionista mi passò vicino, e mi sentii in pace con me stesso e con il mondo.

Contemplando la vista e godendomi la pace che quel paesaggio offriva al tumulto nel mio cuore, persi la cognizione del tempo e rientrai in albergo che era buio.

L'ultimo giorno a Cape Town, decisi di fare un'altra camminata per la città.

Raggiunsi la "lunga via" e ne rimasi incantato. C'erano dei vecchi edifici in stile coloniale ma con dei tocchi moderni. Invitato da questi edifici colorati, mi sedetti in una delle terrazze e ordinai una birra mentre osservavo la vita nella strada.

Una cosa che mi saltò all'occhio fu che tutti i clienti erano bianchi, non necessariamente turisti, ma non c'erano persone di colore.

Cominciai ad osservare tutto più attentamente, e oltre ai pochi ragazzi bianchi che lavoravano come camerieri per guadagnare qualcosa durante gli studi, il resto del personale dei ristoranti era composta da persone di colore.

Considerato che il trentadue percento della popolazione era di razza bianca, lo ritenni strano.

Probabilmente l'apartheid esisteva ancora, e tutti gli sforzi di Nelson Mandela non avevano sortito l'effetto da lui sperato, così Cape Town era ancora una città dove i bianchi comandavano e le persone di colore lavoravano.

Il mio telefono suonò e rimasi sorpreso nel vedere il numero di Karen.

«Ciao, tesoro.»

«Ciao, Ethan...» la sua voce era triste «non so perché ti ho chiamato senza aspettare la nostra chattata serale.»

«Non abbiamo bisogno di un appuntamento per sentirci» le risposi.

«Certo, ma ho avuto una conversazione con il tuo psichiatra, un certo dottor Wright, giusto?»

Mi chiesi come mai lui l'avesse chiamata. La nostra relazione non era affar suo. Anche se ero il suo paziente ci doveva essere un confine oltre il quale la mia vita privata non lo riguardava.

Ricordando la conversazione telefonica che avevo avuto con lui, cominciai a temere che le avesse chiesto di troncare la nostra relazione.

«Karen...»

«No, fammi finire». La sua voce si fece dura. «Abbiamo avuto una conversazione abbastanza lunga e mi ha spiegato l'effetto della nostra relazione nella tua terapia.»

«Non si deve intromettere nella mia vita privata, né tantomeno nella tua.»

«E' quello che ho pensato, ma d'altra parte hai iniziato un viaggio difficile, e devi concentrarti su quello.» La sua voce tremava come se stesse per piangere.

«Karen, ti prego. Ti amo...»

«Ti amo anch'io, Ethan, ma rifletti: come possiamo costruire una relazione se non ti concentri sul trattamento per la tua malattia? Io ti accetto per come sei, ma comprendi che se tu non guarissi, sarebbe frustrante per tutti e due. Non è un modo per lasciarti, ma forse dovremo parlarne alla fine della tua terapia. Ti aspetterò; non sarà impossibile. Inoltre, avremo tempo per riflettere sui nostri sentimenti.»

L'intero mondo, all'improvviso, perse i suoi colori, e ripiombai nella mia grigia esistenza, dove un giorno semplicemente seguiva l'altro.

Forse aveva ragione. Sarebbe stato egoista da parte mia fingere di avere la sua accettazione, sapendo come è difficile la vita vicino ad una persona che non riesce a smettere di dire bugie. L'amicizia è una cosa, ma avere un rapporto profondo è un'altra. L'amore è principalmente fidarsi dell'altro, e come potevo chiedere la sua fiducia se non riuscivo ad essere sincero nemmeno quando scrivevo il mio diario?

«Hai ragione. Capisco quanto può essere frustrante avere una relazione con qualcuno di cui non ti puoi fidare. Ma voglio cambiare. Non voglio mentire più come ho fatto in passato. Non voglio fare del male alle persone intorno a me come non voglio che le mie bugie mi facciano del male» promisi, con un groppo alla gola, pensando alla possibilità di perderla. «Tornerò per te, e non dirò più una bugia per il resto della vita.»

«Ed io ti aspetterò, sia che passeremo insieme il resto delle nostre vite o meno, ti starò a fianco.»

«Ciao, Karen...» Le lacrime che avevano riempito i miei occhi cominciarono a scorrere copiosamente lungo le mie guance.

«A presto, Ethan.»

Quello fu il commiato più doloroso della mia vita.

Anche se non era un addio, il mio cuore fu come trafitto da cento pugnalate. Di nuovo, le mie bugie avevano rovinato tutto e avrei voluto prendermi a pugni.

Quella sera non ero dell'umore giusto per parlare con Stewart. Sapevo che stava andando tutto bene con i due gatti innamorati. Nemmeno Moses sentiva più la mia mancanza.

Svogliatamente scrissi il mio diario, senza sforzarmi troppo di ricordare gli eventi della giornata. Non ero più interessato alla terapia e nemmeno alla mia vita.

***

Dal momento in cui fui costretto a rompere con Karen, il tempo cominciò a volare.

Il giorno dopo lasciai il Sud Africa e la sera atterrai all'aeroporto di Livingstone. Era piccolo, come potei notare subito, dal momento che andammo a piedi dall'aereo agli arrivi.

A prima vista anche il gate sembrava avere dimensioni ridotte, limitandosi ad un minuscolo atrio alla fine del quale c'era il controllo dei passaporti.

"Abbastanza minimalista" pensai, ma almeno non era dispersivo e speravo fosse efficiente.

Pazientemente, mi misi in coda assieme agli altri passeggeri del volo ad attendere il mio turno per ottenere il visto d'ingresso.

Mentre davo un'occhiata intorno, notai qualcosa di interessante.

Era un cartello che informava circa la possibilità di avere il visto d'ingresso per Zambia e Zimbabwe direttamente dall'aeroporto di Livingstone, solo per cinquanta dollari americani.

"Un vero affare" pensai, e scelsi quell'opzione piuttosto che pagare la stessa cifra per avere il visto d'ingresso solo per una nazione.

Da qualche parte avevo letto che le cascate Vittoria erano più belle e spettacolari dalla parte in Zimbabwe, e non volevo perdere questa opportunità.

L'attesa fu quasi infinita. Anche se la fila non era lunga, gli ufficiali della dogana erano un po' lenti nell'emissione dei visti d'ingresso, e temetti di dover passare la notte in quell'atrio.

Alla fine, ottenni il doppio visto e corsi al ritiro bagagli, sperando, almeno, di avere subito il mio.

Probabilmente a causa dell'esiguo numero di passeggeri sul volo che avevo preso e del ridotto traffico aereo, in pochi secondi recuperai il mio bagaglio. Felice per essermela sbrigata velocemente, mi incamminai verso l'uscita.

«Ha bisogno di un taxi, signore?» Mi chiese, avvicinandosi, un uomo appena mi vide uscire.

«Immagino di sì. Devo raggiungere questo albergo» gli dissi, mostrandogli la prenotazione.

Diede una veloce occhiata al foglio prima di ridarmelo. «Certo. Nessun problema.»

«Quanto costa?»

Ci pensò su un attimo. «Dieci dollari» rispose, incamminandosi verso il parcheggio.

Mi domandai se fosse un prezzo ragionevole o meno ma quella volta non contrattai. Volevo pattuire il prezzo in anticipo, in modo da non avere brutte sorprese una volta arrivati in albergo.

La tariffa mi sembrò essere abbastanza ragionevole, dal momento che il tragitto verso la città era abbastanza lungo. Comunque, quando il tassista prese una strada secondaria e non asfaltata, cominciai a preoccuparmi che non avesse capito il posto dove volevo andare.

Il sole era già tramontato e non avevo la minima idea di dove eravamo, o dove mi stava portando. Ma non osavo chiedergli nulla. Quando il tassista si fermò davanti ad un albergo, tirai un grosso sospiro di sollievo, riconoscendolo dalle foto che avevo visto sul sito.

Pagai la corsa e mi diressi verso il banco della reception, guardandomi intorno per familiarizzare con l'ambiente circostante.

Il posto era tranquillo e gli unici rumori erano i suoni della natura che circondava l'albergo.

Raggiunsi il mio bungalow e, dopo una breve ispezione, me ne innamorai. Comunque, ero abbastanza stanco, così mi buttai sul letto e mi addormentai.

Non c'erano sveglie o programmi da seguire, così ero libero di organizzare le mie giornate come meglio credevo.

Quella era la libertà che mi sarebbe mancata una volta tornato a casa al solito tran-tran. Era previsto che rimanessi solo quattro giorni, l'ultimo decisi di andare alle cascate Vittoria.

Per raggiungere il parco dall'albergo, bisognava prenotare un taxi, cosa che avevo fatto il giorno precedente. Così, subito dopo colazione, trovai un autista ad attendermi al banco della reception.

«Quindi vuole che la porti alla parte dello Zimbabwe?»

«Si, per favore. Ho sentito che da lì c'è una vista migliore delle cascate» risposi.

«Ha sentito bene. Sono sicuro che se ne innamorerà. Io sono dello Zimbabwe e ho visto le cascate da entrambi i lati e sicuramente il lato dello Zimbabwe è il migliore per godersele». Una volta arrivati al confine, arrestò l'auto e mi disse, indicando la cabina del controllo di frontiera, «Okay attraversi il controllo passaporti, e l'attenderò dall'altra parte.»

Mi misi in fila, compilai il modulo, ed in pochi minuti ero di nuovo sul taxi, diretto verso l'ingresso.

«Eccoci al parco. Quando vuole che la venga a riprendere?»

Mi grattai la nuca, pensando ad un orario ragionevole. Non avevo idea di quanto avrei impiegato per visitare l'intero parco, ma ero abbastanza certo che avrei trovato comunque un modo per passare il tempo, così gli chiesi di venirmi a prendere intorno alle cinque.

Questo significava che avevo cinque ore da passare lì, compreso il tempo per il pranzo. Ero sicuro che ci sarebbe stato molto da scoprire in quel paesaggio naturale.

Pagai il biglietto ed entrai, guardandomi intorno, quando una famiglia di facoceri mi tagliò la strada. Erano abbastanza carini, specialmente i cuccioli e, ovviamente, meritarono di finire nel mio album fotografico. Erano probabilmente abituati alla presenza dei turisti perché continuarono a camminare tra la gente senza curarsene.

Oltre alle cascate, avevo la possibilità di fare delle bellissime fotografie alla fauna selvatica e pensai che sarei stato occupato tutto il giorno.

Seguendo il sentiero, passeggiai osservando ogni albero, fiore o uccello, fino a quando sentii finalmente il rumore delle cascate.

I miei sensi si acuirono, il mio cuore cominciò a battere all'impazzata ed i miei piedi cominciarono a correre fino a quando, con il ruggito delle acque che si faceva sempre più vicino, riuscii a vedere le cascate per la prima volta.

Ero stato a quelle del Niagara, ma questo era qualcosa di diverso. Sarebbe stato come paragonare il Rio delle Amazzoni con il fiume

Yukon. Quest'ultimo è abbastanza lungo, ma assolutamente non comparabile con il primo.

Senza parole, a bocca aperta, diedi la prima occhiata e scattai un paio di foto pensando di averle viste nella loro interezza. Solo quando ripresi la mia camminata, mi resi conto di averne vista solo una parte. Più le cascate si svelavano davanti ai miei occhi, più mi rendevo conto della loro reale estensione.

Incapace di cogliere completamente quanto avevo di fronte, mi sedetti per un secondo a meditare su quella vista. Il panorama si estendeva a perdita d'occhio e, forse anche a causa della foschia, non riuscivo a vedere dove terminava.

Passarono alcuni lunghi minuti prima che decidessi di alzarmi e riprendere il cammino, deciso a proseguire per vedere l'altra parte di quella bellezza naturale e più procedevo, più rimanevo estasiato.

"E dicono che questa è la stagione secca. Posso solo immaginare come sia durante la stagione umida" riflettei meravigliato a quella vista.

Non trovavo aggettivi per descrivere il portento che avevo davanti ai miei occhi e quali sensazioni e pensieri mi suscitava. La mia mente era un turbinìo di emozioni e mi mancavano le parole. Mi chiesi come avrei potuto descrivere quella giornata al mio terapista.

Il sentiero mi condusse ad una piccola piazzola dove una statua era posta al centro.

«Il dottor Livingstone, suppongo...» dissi a voce alta, guardando la statua del dottore ed esploratore scozzese, che era stato il primo europeo a scoprire le cascate Mosi-oa-Tunya che significava "fumo che tuona". Infatti, c'era una specie di foschia causata dalle minuscole particelle di acqua sospese nell'aria, e stava veramente tuonando in maniera assordante. Guardai la statua e cercai di immaginare come fosse quel posto quando lui lo vide per la prima volta.

«Posso immaginare le tue sensazioni, amico mio» dissi, sorridendo alla statua.

Ero così rapito da quello spettacolo, da non avere percezione di altro, era come essere solo al mondo di fronte alla rappresentazione più incredibile e meravigliosa che la natura potesse allestire.

Non c'era niente che desiderassi di più di passare l'intero giorno ammirandola ed esplorandola da ogni angolazione.

Seguendo il sentiero raggiunsi l'ultima parte delle cascate, il loro confine durante la stagione secca, anche se ero abbastanza certo che non ne avessero uno e che le cascate si estendessero fino ad un punto indefinito.

Diedi un'occhiata all'orologio e mi resi conto che erano le due e mezza. Alla fine, il mio stomaco mi ricordò che non avevo pranzato ancora ed ero rimasto d'accordo con il tassista che mi sarebbe venuto a riprendere alle cinque. La cosa più saggia era tornare indietro, magari percorrendo un sentiero diverso per godermi il parco, e mangiare qualcosa al ristorante a fianco dell'entrata.

Anche se la strada che scelsi mi portò via dalle cascate, mi diede l'occasione di esplorare meglio l'ambiente naturale circostante.

Intrufolarmi tra i cespugli, correre dietro ad uccelli che non avevo mai visto in vita mia, mi riportava alla mia infanzia per interrompersi ogni volta che scattavo fotografie a quel meraviglioso, magico mondo.

Mi sentivo felice come un ragazzino di città che vede la campagna per la prima volta. E da un certo punto di vista era così, dal momento che vivevo in una città caotica e l'unica possibilità di entrare in contatto con la natura era fare una passeggiata al parco che, di certo, non poteva considerarsi un vero luogo naturale, ancor meno dopo aver visitato il deserto del Sahara, l'ambiente sub-sahariano, il fiume Zambesi e le sue cascate.

L'aver visitato questi posti straordinari mi aveva fatto capire l'inutilità dei documentari in televisione che non facevano in alcun modo immaginare quanto la natura abbia da offrire.

Le emozioni che avevo vissuto di fronte a queste meraviglie, erano così intense che mai alcuna immagine digitale avrebbe potuto far provare a chi la guardasse.

L'immagine del viso di Karen mi tornò davanti agli occhi: la potenza delle acque mi ricordò la sua passione impetuosa ed il suo carattere. Era una forza della natura e guardando le cascate, mi sembrò essere vicina a me.

Mi mancava terribilmente, ed era praticamente impossibile per me vivere la mia vita lontano da lei. Avrei voluto che fosse con me ad estasiarsi davanti quella meraviglia naturale, tenerla tra le mie braccia e sentire il suo corpo contro il mio.

"Ti amo Karen. Ti amo più di qualsiasi cosa al mondo". Le lacrime riempirono i miei occhi.

CAPITOLO 10

Improvvisamente mi resi conto che la tappa africana del mio viaggio era giunta al termine, per lasciare il passo alla tappa asiatica.

Fino a quel momento, non senza un notevole sforzo, avevo imparato come vivere in Africa, ma non sapevo niente dell'Asia. Era come avere un blocco bianco dove descrivere qualcosa che non conoscevo, ma questa sfida invece di spaventarmi, mi entusiasmava.

Speravo, in questa parte del viaggio, di fare un ulteriore passo avanti verso una vita senza bugie. Mentre gironzolavo per l'aeroporto, aspettando l'orario di imbarco, riflettevo che, anche senza avere avuto Karen vicina, avevo ottenuto dei miglioramenti, quindi ero decisamente fiducioso sul riuscire a raggiungere il mio scopo.

La mia prima destinazione era Tbilisi in Georgia. Dopo tanto tempo, sarei di nuovo tornato a vivere l'inverno. Non che mi fosse mancato, ma da un po' avevo iniziato ad avere nostalgia della sensazione provocata dall'aria fredda sul viso.

L'aereo atterrò all'aeroporto di Tbilisi alle cinque e un quarto, dopo un lungo volo via Istanbul. Subito fu chiaro che non ero più in Africa. Non per il colore della pelle delle persone, ma per la struttura dell'aeroporto. Rifletteva il carattere e la cultura della nazione, come succede in qualsiasi aeroporto del mondo.

Il terminal mi apparve più piccolo dei precedenti che avevo visitato. Per la prima volta non dovetti cercare un taxi per raggiungere il centro città, dal momento che nel 2007 era stata inaugurata una nuova tratta ferroviaria che collegava l'aeroporto al centro città. La stazione aveva un design moderno e molto bello, a riflettere il desiderio della nazione di essere un'attrattiva per i turisti.

Ci vollero venticinque minuti per raggiungere la stazione centrale, e da lì, il taxi fu l'unica alternativa per arrivare all'albergo. Provai a contrattare il prezzo della corsa, ma mi resi subito conto che era molto più difficile che in Africa. La ragione principale fu che loro non parlavano bene inglese, così, a meno di non parlargli in georgiano, mantenevano la tariffa.

Comunque, anche senza essere riuscito a negoziare sul prezzo, raggiunsi l'albergo pagando una cifra ragionevole, o almeno così sperai.

Dopo aver verificato la connessione internet nella mia stanza, presi il mio giubbotto ed uscii. Il sole stava tramontando e dovevo cenare. Dal momento che il modo migliore per conoscere una nazione è attraverso la cultura del cibo, mi guardai intorno, cercando un ristorante che mi ispirasse.

Nel quartiere c'erano diverse opzioni per cenare e scegliere non sarebbe stato facile. Purtroppo, il mio stomaco stava brontolando, quindi entrai nel primo ristorante che trovai.

"Chissà se è un posto dove vengono a mangiare i giovani o è un ristorante per famiglie?" Mentre ero immerso nei miei pensieri, una giovane cameriera arrivò, sorridendo.

«E' qui per cenare?» chiese in un inglese incerto.

«Si, per favore.»

«Mi segua.»

Osservai i clienti che stavano gustando il loro pasto, ed ebbi la risposta alla mia domanda iniziale, dal momento che formavano un gruppo eterogeneo.

Fortunatamente il menù era in inglese, così, anche se non riuscii ad immaginare cosa mi avrebbero portato, potei almeno intuire se si trattasse di piatti di carne, di pesce o vegetariani. Non ho alcun problema con il cibo, così per quella sera scelsi un piatto a base di carne con un bicchiere di vino rosso.

Il primo assaggio del vino georgiano me ne fece innamorare. L'elegante bouquet, dolce e speziato, era qualcosa che non riuscii a tradurre in parole.

Non assomigliava a qualsiasi vino che avevo mai assaporato. La ricchezza e l'intensità di quel primo sorso sarebbero rimasti con me per il resto della mia vita. Cercai di imprimere nella mente tutti i dettagli, così da poterne dare una buona descrizione più tardi.

Data la premessa, non vedevo l'ora di assaggiare le pietanze che avevo ordinato, ed anche quelle andarono ben oltre le mie aspettative. Non potevo credere che pagando così poco, avevo gustato una cena così deliziosa.

Quella sera fui così impaziente di farne un resoconto nel mio diario, che mi dimenticai di qualsiasi altra cosa. Avevo bisogno di dire a chiunque ascoltasse che, se fosse stato possibile, avrei lasciato tutto per vivere in quella adorabile città.

Appena inoltrai il mio diario, il mio telefono squillò: il dottor Wright voleva fare una seduta di psicoterapia prima di andare a dormire.

Mi sembrò strano, ma sicuramente aveva le sue ragioni. Non ero uno psichiatra, quindi non intendevo discutere le terapie che lui sicuramente conosceva meglio di me.

Dopo quella telefonata, un'improvvisa stanchezza mi assalì. Andai a letto, pensando a come sarebbe stato lasciare tutto e vivere lì con Karen.

«Devo smettere di pensare a lei. Probabilmente quando terminerò la mia terapia, nemmeno si ricorderà il mio nome» mormorai, lasciandomi cadere sul letto.

Fissai il soffitto senza un pensiero preciso nella mia mente. Confuso e con un senso di incertezza su tutto, il sonno non arrivò a dare conforto alla mia anima. Ad un certo punto, qualcuno bussò alla porta.

Diedi un'occhiata all'orologio. Era tardi per qualsiasi tipo di visita, per non parlare del fatto che non aspettavo alcuno.

Cautamente mi avvicinai alla porta. «Chi è?»

Non rispose nessuno, così pensai che forse qualcuno avesse bussato, rendendosi poi conto di averlo fatto alla porta sbagliata. "Può succedere."

Appena mi voltai, di nuovo, qualcuno bussò alla porta.

Non volevo aprire senza sapere chi c'era dall'altra parte. «Chi è?» Stavo quasi per perdere la pazienza quando, finalmente, sentii qualcuno pronunciare delle parole che non riuscii a capire. Forse aveva parlato in georgiano.

Era una voce femminile. E, anche se sapevo che non dovevo farlo, aprii la porta. Una donna minuta più o meno della mia età si precipitò dentro la stanza. I suoi lunghi capelli neri erano raccolti in una coda, ed il suo trucco pesante mi fece pensare che stesse andando ad una festa. Il suo profumo raggiunse i miei sensi appena mi si avvicinò.

«Cosa?» chiesi, sconcertato, quando chiuse la porta dietro di sé.

Disse qualcosa, che suonò come se fosse in pericolo, ma non riuscii ad afferrare una singola parola.

«Parla inglese? Io non parlo georgiano» insistei.

Mise una mano sulla mia bocca. «Shh!»

Bene, quello almeno era qualcosa che capii. La guardai mentre lei prestava attenzione a cosa succedeva dall'altra parte della porta, in corridoio. Rimase così immobile per un po', mentre tentavo di immaginare la ragione per la quale era corsa dentro la mia stanza.

Si girò verso di me e mi scrutò con sguardo critico, senza dire niente. Aveva un'espressione tesa, e sembrava chiedersi se fossi un problema più grande di quello dal quale stava scappando. Quindi, facendo un profondo respiro, si rilassò e sorrise timidamente.

«Sei l'ospite americano?»

La sua domanda mi fece rimanere a bocca aperta, sorpreso. «Si. Come lo sai?»

«Ora lo so.»

«Intendo, come sapevi che c'era un ospite dagli Stati Uniti?» le chiesi.

«Ho sentito qualcuno alla reception parlare di un ospite americano, mentre dava la chiave della tua stanza al personale che si occupa delle pulizie.»

«Bene, ma perché hai bussato alla mia porta? Ti stai nascondendo da qualcuno?»

«Si. Beh, non precisamente. Sono una escort e l'uomo con cui ero ha contestato il prezzo della prestazione e ha iniziato ad alzare la voce. Io non dovrei stare qui, e se il personale dell'albergo lo sapesse, potrebbe chiamare la polizia ed avrei dei problemi. Dal momento che aveva pagato in anticipo, ho provato a calmarlo, ma lui aveva bevuto troppo. Ero spaventata. Ricordando il numero della tua stanza, ho deciso di venire a nascondermi qui. E magari avresti preferito passare la notte con qualcuno piuttosto che da solo» disse, notando che era una stanza singola.

Non convinto dalla sua storia, la guardai. «Ti dico quello che penso, invece. Non c'è alcun cliente insoddisfatto; stai cercando di farmi essere un tuo cliente. Comunque, anche se sei carina, devo dirti che non frequento prostitute. Sono sposato e felice di esserlo.»

«Ora sei tu a mentire» disse, inclinando graziosamente la testa.

«Non importa. Esci da questa stanza prima che chiami la reception.»

Lei rise. «Sono una bugiarda migliore di te. Io lavoro in questo albergo.»

Rimasi allibito, quella donna mi aveva lasciato senza parole.

«Non mi interessa. Esci di qua. Non sono venuto in Georgia per frequentare prostitute, te inclusa.»

«Forse non è il tuo scopo, ma dal momento che sono qui, perché non approfittarne?» disse, guardandomi con malizia ed avvicinandosi.

Dal momento che avevo già abbastanza problemi nella mia vita, la spinsi via. «Per favore, vattene. Non mi interessano i tuoi servizi» ed aprii la porta per farla uscire.

«Non sai cosa ti perdi. Se cambi idea, questo è il mio telefono» disse, porgendomi un biglietto da visita.

"Anche un biglietto da visita. Deve essere un lavoro redditizio". Scossi la testa mentre uscì dalla stanza. Non avevo idea che gli alberghi offrissero quel tipo di servizio.

Anche se non ero interessato, quando se ne andò, non potei smettere di pensare a lei. Non volevo usufruire dei suoi servizi, ma mi aveva incuriosito, mi chiedevo se avesse mentito in parte o del tutto.

Comunque fosse, ero sicuro che avrei faticato ad addormentarmi. Forse il minibar mi avrebbe aiutato. Lo aprii e trovai due piccole bottiglie di whisky.

"Potrebbe essere quello che ci vuole" pensai, prendendo un bicchiere dal bagno.

Era tardi, e dopo una generosa bevuta, le palpebre divennero pesanti e, alla fine, mi addormentai.

Quella notte non dormii bene. Il mio sonno fu infestato da incubi, e quando qualcuno bussò alla porta l'indomani mattina alle undici e mezzo, mi sentivo come se mi avesse investito un camion.

Mi ci volle quella che sembrò un'eternità per mettermi in piedi, e chiunque era dall'altra parte della porta, bussando insistentemente, diventò il mio nemico numero uno.

«Sto arrivando. Un po' di pazienza, per favore» sbuffai, vestendomi.

Aprii la porta ed un uomo con due agenti mi chiese il permesso di entrare.

«Si certo. Mi sono appena svegliato, quindi c'è un po' di disordine» dissi, facendoli accomodare.

«Mi dispiace per l'inconveniente. Sono l'ispettore Giorgi Bochorishvili, e questi sono gli agenti Esadze e Kazbegi» disse presentando sé stesso ed i colleghi.

«Non capisco. C'è qualcosa che non va?»

«Lo può dire forte. Tra ieri sera e questa mattina una donna è stata uccisa in questo albergo» disse, estraendo una fotografia e mostrandomela. «L'ha mai vista?»

Presi la foto e la esaminai. Mi sembrò un viso familiare, ma avevo la mente ancora annebbiata.

«Non credo, anche se non ne sono sicuro. Forse l'ho vista in giro» mormorai, ancora semi addormentato. «E' un'ospite?»

«Non proprio. Era una escort ed era solita girare qui intorno dicendo di lavorare qui, cosa non vera, ed offrendo servizi sessuali sicuri.» Mentre lui parlava, i due agenti guardavano intorno.

«Un omicidio...» sussurrai tra me e me, cercando di ricordare cosa fosse successo la sera prima, sapendo che la mia mente avrebbe confuso alcuni, se non tutti, i dettagli. Comunque, una cosa di cui ero sicuro era di non avere ucciso alcuno, e nemmeno avevo sentito alcun rumore provenire dal corridoio.

"Se c'è stato un omicidio, l'assassino deve essere stato molto cauto a non fare alcun rumore" pensai.

«Divide questa stanza con qualcun altro?» chiese l'ispettore.

«No, sono da solo.»

«Può spiegare questo, allora?» chiese, prendendo un rossetto dal pavimento. «Non sembra essere la sua sfumatura.»

Lo fissai senza sapere cosa rispondere.

«Quindi?» incalzò, incrociando le braccia sul petto.

«Io non... non ricordo.»

«Mettiamola così» iniziò a dire «non sono qui per mettere qualcuno in prigione per aver fatto sesso con una prostituta, ma per prendere un assassino. Mi sta dicendo la verità quando afferma di non aver mai visto questa donna?»

Mi prese il panico. Essere un bugiardo non dovrebbe includere necessariamente diventare un assassino, e per nessun motivo al mondo avrei mai ucciso qualcuno.

Con un confuso borbottio, gli spiegai cosa era successo la notte precedente. Immaginai che sarebbe stato più saggio dire la verità. Del resto, non avevo fatto sesso con lei, e ancor meno, l'avevo uccisa.

Non sembrò impressionato dalla mia spiegazione. Scuotendo la testa, guardò i due agenti. «La sua posizione è abbastanza difficile, e non posso fare altro che portarla al distretto di polizia. Sarà interrogato alla presenza di un avvocato d'ufficio. Le suggerisco di portare una prova più solida di una notte brava, per uscirne.»

Detto ciò, uno dei poliziotti si avvicinò per ammanettarmi. «Aspetti, non sono un assassino, e forse ho più prove di quanto lei crede» protestai, rifiutando di essere ammanettato.

Presi la mia sciarpa e mostrai la telecamera.

«Il mio è un viaggio terapeutico» dissi e spiegai il patto con il dottor Wright. «Questa telecamera registra tutto quello che faccio. Se è successo qualcosa ieri sera, sicuramente l'ha memorizzato.

Per favore, mi faccia chiamare il mio psichiatra. Le potrà spiegare tutto» aggiunsi.

L'ispettore Bochorishvili socchiuse le palpebre, valutando le mie parole. «Lei viene alla centrale con noi. Porteremo anche la sua telecamera e ci metteremo in contatto con il suo dottore. Se è così, gli chiederemo di avere le registrazioni, e se queste proveranno la sua innocenza, la lasceremo andare. Ma per come stanno adesso le cose, lei non ci ha fornito alcuna prova valida.»

Fui portato in una stanza del distretto di polizia e con un telefono in vivavoce, mi chiesero di fare il numero del mio psichiatra.

Come mi aspettavo, il dottor Wright spiegò la situazione, confermando che il mio era un viaggio terapeutico, ed assicurando l'invio delle registrazioni della telecamera.

Fui lasciato da solo nella stanza mentre centinaia di pensieri mi affollavano la mente. Cercai di ricordare cosa era successo e mi chiesi se fossi stato io ad uccidere quella ragazza. Non mi venne in mente un solo ricordo di cui potevo essere certo, ed ero terrorizzato all'idea di essere condannato per un omicidio che non avevo commesso.

Il tempo passava lentamente e cominciavo a chiedermi perché fossi stato lasciato da solo. Mi stavano forse guardando per stabilire dal mio comportamento se ero l'assassino? Mi guardai intorno e vidi uno specchio dietro di me. "Come è possibile che non l'ho notato quando sono entrato in questa stanza?"

A quel punto la cosa migliore era mantenere la calma. Non c'erano prove contro di me, ed il dottor Wright aveva sicuramente già inviato loro le registrazioni. "Forse le stanno visionando e presto sarò rilasciato" ipotizzai, cercando di convincermi.

Non tornarono se non dopo alcune ore. Quando si aprì la porta, scattai in piedi, cercando di indovinare il verdetto.

«Abbiamo avuto conferma che lei è in terapia. Comunque, le registrazioni della telecamera non mostrano tutto, dal momento che era coperta. È stata registrata la conversazione che ha avuto con la ragazza, e cosa è successo dopo che se ne è andata» convenne il detective.

Rimasi in silenzio in attesa del verdetto finale.

«È uscito dalla sua camera ad un certo punto della notte, esattamente all'una e un quarto ed è tornato alle due e tre quarti. Prenderemo alcuni campioni del suo DNA, e poi dovremo attendere i risultati dell'autopsia. Dobbiamo verificare cosa è successo la scorsa notte, perché, dalla chiacchierata che abbiamo fatto con il suo psichiatra, è chiaro che non possiamo credere alle sue parole.»

Avevano ragione, ma ero sicuro di non aver ucciso alcuno. Inoltre, non ricordavo di essere uscito dalla mia camera a qualsiasi ora della notte.

«Ancora non riesco a capire come mai non riesco a ricordare alcun dettaglio di quanto successo la notte scorsa» dissi, incredulo.

«La quantità di alcool che ha ingerito era abbastanza da farle prendere una bella sbronza, e di conseguenza, di soffrire di amnesia adesso. Non le so dire se ricorderà qualcosa o meno, ma questo è qualcosa con cui dobbiamo confrontarci» affermò, facendo una pausa.

«Questa mattina alle sette ho ricevuto una chiamata dall'albergo. L'addetta al ricevimento mi ha chiesto di recarmi là velocemente, dal momento che la signora delle pulizie aveva trovato il corpo di una donna dentro la stanza dove viene tenuto l'occorrente per pulire.

La scena che abbiamo trovato non era piacevole. Ho avuto l'impressione che la donna fosse stata uccisa da qualche altra parte e portata lì in seguito. Questo è stato confermato, poi, dai segni sulle sue scarpe e sul pavimento. Seguendo questi segni, ho accertato che era stata uccisa nei bagni. Nell'albergo non ci sono più di trenta ospiti. La maggior parte sono famiglie con bambini, così i nostri sospetti si sono concentrati sulle persone che viaggiavano sole. Inoltre, nella sua stanza abbiamo trovato il rossetto della vittima. Non da ultimo lei ha ammesso che questa era entrata proponendole i suoi servizi, solamente dopo che l'abbiamo messa alle strette.»

«Capisco, ma non avevo alcun motivo per ucciderla. Perché l'avrei fatto dal momento che non la conoscevo? A prescindere dal fatto che ci abbia fatto sesso o meno» chiesi.

«Noi speravamo che lei ci avrebbe potuto aiutare. La cosa certa è che scopriremo la verità, anche se lei preferirà tacere, rendendo il nostro lavoro più difficile, o non ricorderà. Se lei sarà ritenuto innocente, sarà libero di andare senza problemi, altrimenti sarà accusato di omicidio e giudicato secondo le leggi georgiane.»

Mi riportarono in albergo, ma misero una guardia fuori dalla porta della mia camera, così che non avrei potuto uscire. Tecnicamente ero in arresto, ma dal momento che non avevano alcuna prova incontrovertibile per inchiodarmi, mi dovevano tenere d'occhio, almeno fino a quando il test del DNA mi avesse scagionato, o avessero trovato delle prove contro qualcun altro.

L'attesa fu insopportabile. Le ore sembrarono mesi, e nella mia mente centinaia di pensieri si rincorsero. Mi chiesi se Karen avesse saputo di questo terribile sospetto, se lo avessero saputo i miei genitori, il mio capo, Stewart. La mia mente vagliava tutte le possibilità.

"Sarò condannato all'ergastolo? L'ambasciata americana riuscirà a riportarmi a casa? Ci sarà qualcuno che mi potrà aiutare?"

Guardandomi intorno mi chiesi se potessi usare il telefono per chiamare casa. Guardai l'agente che stava vicino alla porta.

«Posso almeno chiamare la mia famiglia?» Lui rispose qualcosa in georgiano, così ovviamente, anche se mi fosse permesso, non avrebbe capito.

Non volendo rinunciare, gli mostrai il mio cellulare e ripetei la domanda, cercando di esprimermi a gesti. Annuì, facendomi capire che potevo fare solo una telefonata.

Dovevo essere saggio. Qual era la persona che mi avrebbe potuto aiutare di più in quel momento? Mio padre avrebbe fatto il possibile, ma prima avrebbe avuto un attacco di cuore se avesse saputo il figlio detenuto in Georgia con l'accusa di omicidio. Decisi di chiamare Stewart, chiedendogli di contattare la mia famiglia ed anche Karen.

Con un respiro profondo, composi il suo numero.

Fu la telefonata più intensa che avessi mai fatto. All'inizio piansi come un idiota, incapace di descrivere chiaramente cosa era successo. Dovetti fare un enorme sforzo per calmarmi. Gli diedi il numero del mio psichiatra, di mio padre e di Karen. Mi assicurò che avrebbe innanzitutto contattato il dottor Wright, per capire meglio la situazione ed avere un consiglio su chi contattare dopo, e come gestire queste chiamate.

Mi promise che avrebbe fatto qualsiasi cosa e mi assicurò che sarei tornato a casa presto.

«Ethan, ora devi rimanere concentrato. Non mollare, andrà tutto bene. Sei un bugiardo non un assassino» disse, cercando di rassicurarmi.

«Grazie, Stewart. Non so cosa pensare. Tutto è così surreale.»

La guardia venne da me, prese il telefono e terminò la chiamata.

CAPITOLO 11

Quella sera, finalmente, l'ispettore Bochorishvili venne nella mia camera d'albergo.

«Ho buone e cattive notizie» esordì, senza nemmeno salutare. «La buona notizia è che può stare fuori dalla prigione. La cattiva è che abbiamo trovato tracce del suo sperma sui vestiti e sulla bocca della vittima. Quindi ha fatto sesso con lei, ma non necessariamente l'ha uccisa. Il vero problema è l'arco temporale dall'una e un quarto fino alle due e tre quarti nel quale lei è stato fuori dalla sua camera. La ragazza è morta tra le due e mezza e le tre. Quindi, ancora non sappiamo se lei è l'assassino. Purtroppo, finché non avremo una piena ricostruzione di quello che è successo quella notte, lei rimarrà il principale sospettato.»

Lo guardai sbalordito. Non avevo alcun ricordo di qualsiasi rapporto sessuale nella mia mente, e nemmeno di essere uscito dalla mia camera durante la notte. «Io... io non ricordo di aver fatto sesso con lei. Ci deve essere un errore. È sicuro che stiamo parlando del mio DNA?»

«Siamo sicuri al 100%. E sono certo che lei sa che non è possibile per due individui condividere lo stesso DNA. È l'unica firma del suo corpo. Non ho idea di come sia possibile avere un tale buco nero nella sua memoria, ma il dottor Wright sta arrivando per parlare con lei. Con il suo aiuto, potremo giungere ad una soluzione. Lui crede che con l'ipnosi potremo ottenere maggiori informazioni da lei.»

Un profondo abisso si aprì sotto ai miei piedi, pronto ad inghiottirmi per l'eternità. Mentre la mia vita da uomo libero cominciò a dissolversi davanti ai miei occhi, iniziai a piangere.

«Mi chiedo se possa chiamare i miei genitori, o persone a me vicine almeno una volta al giorno.» Avevo bisogno di restare in contatto con la mia vita, e con le persone che significavano qualcosa per me, che potevano rassicurarmi sul fatto che non ero uno spietato assassino.

L'ispettore Bochorishvili prese un profondo respiro e considerò la mia richiesta per un momento. «Solo una al giorno, e non più di cinque minuti allo stesso numero. Le daremo un altro telefono con memorizzati i numeri che lei vorrà chiamare» disse, dandomi un'occhiataccia.

Non era abbastanza per me parlare per quei pochi minuti al giorno. «Cosa mi dice delle visite? Se mio padre venisse qui, potrei vederlo?»

«Come gli altri prigionieri, lei ha il diritto di incontrare suo padre una volta a settimana per un'ora. Lei è il principale sospettato in un caso di omicidio, anche se non è in prigione.»

«Come è morta la ragazza?» Finora mi avevano detto che era stata assassinata, ma non una parola sul come.

«È stata strangolata con la cinghia della sua borsetta. Secondo il medico legale, l'omicidio si è consumato in due riprese. Il primo tentativo le ha solo fatto perdere conoscenza, quindi l'assassino, dopo aver capito che era ancora viva, ha ripreso a stringerle la gola finché non è stato certo che era morta.»

Scossi la testa pensando a quella ragazza. «Sarò portato in carcere?»

«Dal momento che il suo è un caso complicato, procederemo diversamente dal nostro solito. Lasceremo il suo psichiatra ipnotizzarla per fare luce su quanto successo quella notte. Se ci potrà dare una solida prova della sua innocenza, lei sarà libero di andare. Nel caso opposto, sarà imputato di omicidio ed affronterà un processo. A quel punto il mio lavoro sarà terminato, e lei sarà nelle mani del giudice e del suo avvocato» spiegò brevemente.

«Come posso ottenere un avvocato?»

«Lei conosce la procedura. Se non se ne può permettere uno, le verrà assegnato un avvocato d'ufficio.»

«Posso contattare la mia ambasciata? Forse possono aiutarmi in qualche modo» chiesi.

«Vediamo prima se ha bisogno di un avvocato. Non c'è fretta per questo» disse, uscendo.

Non riuscivo a decifrare i sentimenti che si accavallavano dentro di me. Ovviamente la mia terapia era sospesa e non avevo idea di quello che sarebbe successo da quel momento in poi.

***

Il giorno seguente, fui portato di nuovo al distretto di polizia, dove incontrai il dottor Wright. La sua fu una presenza confortante, e sperai che mi avrebbe potuto scagionare da tutte le accuse.

Dopo una breve introduzione, fummo lasciati da soli. L'intera sessione sarebbe stata registrata, ma non ci pensavo. Senza dire una parola, il dottor Wright iniziò la seduta di ipnosi.

Quando mi svegliai lui mi sorrise. «È stato bravissimo. Andrà tutto bene» disse, cercando di rassicurarmi. Comunque, nonostante il tono della sua voce, non mi sentivo ancora al sicuro. Il mio futuro mi appariva ancora incerto.

Ancora una volta, venni lasciato da solo nella stanza, mentre il dottor Wright andò a parlare dei risultati con l'ispettore Bochorishvili.

Ero da solo con i miei pensieri ed una crescente paranoia.

Persi la cognizione del tempo e temetti che mi avrebbero lasciato lì per il resto della mia vita. Mi immaginai che tutti se ne fossero andati e che la porta chiusa a chiave non sarebbe stata aperta mai più.

Nella mia distorta percezione del tempo e dello spazio, mi vedevo morire di fame e di sete per avere ucciso una ragazza della quale non riuscivo a ricordare il minimo dettaglio.

Nel silenzio della stanza, piansi. «Non l'ho uccisa io, per favore, credetemi, sono un bugiardo, non un assassino.»

Il mio sussurro aumentò di volume. Speravo che qualcuno fosse ancora lì ad ascoltare la mia preghiera.

Non mi resi conto di quanto tempo fosse passato da quando il dottor Wright era uscito dalla stanza, lasciandomi solo. Ma quando la porta si aprì ed entrò l'ispettore Bochorishvili, non mi sentii sollevato.

Non sorridevano ed ero sicuro di finire in prigione per sempre. A quel punto solamente un buon avvocato mi avrebbe potuto aiutare. La cosa migliore era contattare mio padre o sperare in qualche aiuto dall'ambasciata.

Una cosa era sicura: non volevo finire in prigione in uno stato straniero per un crimine che ero sicuro di non aver commesso.

«Signor Jackson,» sospirò l'ispettore Bochorishvili «mi dispiace, ma non possiamo rilasciarla.»

«Che vuol dire? Non l'ho uccisa io!»

«Mi faccia finire» continuò, con un sorriso severo.

Il dottor Wright scosse il suo braccio come a chiedergli di essere più gentile. «L'ispettore Bochorishvili intende dire che niente di definitivo è emerso dalla seduta di ipnosi. L'alcool ha offuscato molti ricordi. La sua mente è piena di ricordi contrastanti e non sappiamo quanti di essi siano reali.»

«Quindi sono un tale bugiardo da mentire anche sotto ipnosi?» lamentai, senza speranza.

Il dottor Wright diede un'occhiata all'ispettore Bochorishvili. «Posso parlare un momento con il mio paziente?»

L'ispettore Bochorishvili annuì ed uscì.

«Dottor Wright, per favore. Non farei mai una cosa del genere» dissi, piangendo, appena fummo soli.

«Sono cosciente di questo, signor Jackson, ma devo essere onesto» disse. «I risultati sono stati inconcludenti. La sua mente non ricorda tutti gli eventi correttamente a causa della quantità di alcool che lei ha ingerito. Avrebbe dovuto evitare di bere.»

«Questo non mi è d'aiuto. Non voglio andare in prigione in questa nazione. Non voglio andare in prigione per un sospetto. Io voglio la verità tanto quanto la vuole la polizia!» dissi, alzando la voce.

«Stia calmo, per favore. Farò del mio meglio.»

Non capii se mi stesse aiutando perché preoccupato per sé stesso e per i risultati della ricerca, o perché teneva a me. Qualunque fosse il motivo, volevo credergli. Avevo un disperato bisogno di fidarmi di lui.

Fui portato in prigione, in attesa del giorno del processo.

Mio padre venne a farmi visita; era in contatto con uno dei migliori avvocati che si poteva permettere, anche se un avvocato dall'ambasciata, che conosceva meglio le leggi georgiane e mi avrebbe difeso meglio di chiunque altro, sarebbe stata la soluzione migliore.

A quel punto, niente mi interessava più. Avevo perso la speranza e passivamente attendevo il giorno in cui sarebbe stata pronunciata la sentenza finale.

Non sapevo quale fosse la condanna per quel crimine. Mi aspettavo di essere accusato di tutti i reati, dall'essere stato con una prostituta, all'omicidio.

Durante quell'attesa senza speranze, persi ogni interesse per la vita. Forse sperai anche di essere condannato alla pena di morte, senza sapere se fosse in vigore in Georgia.

Quello che mi importava era uscire dal quell'incubo.

Nella prigione dove fui trasferito, altre persone stavano aspettando il processo, ma nessuna di esse sembrò parlare inglese. Non ero dell'umore di parlare, comunque. Volevo morire.

Il giorno seguente, incontrai l'avvocato che mi avrebbe difeso. Veniva dall'ambasciata, ed una piccola fiammella di speranza si accese dentro di me quando la vidi.

Era una donna sui quaranta, indossava un completo elegante ed aveva un'espressione seria. Mi ricordò, in qualche modo, quelle serie giuridico-poliziesche che ero solito guardare in televisione. Sperai, come in quegli episodi, che anche nel mio caso, il mio avvocato avrebbe salvato la situazione.

«Ho avuto modo di esaminare il suo caso nel dettaglio, signor Jackson, ma voglio che me lo racconti lei direttamente» disse, distogliendo lo sguardo da me, ed aprendo un'agenda nera.

«Non ho niente da dire». L'amarezza aveva avvelenato il tono della mia voce.

«Nemmeno se lei è innocente o colpevole?»

«Ha importanza?»

«Almeno per la difesa sulla quale devo lavorare» rispose, guardandomi e mordendosi il labbro inferiore.

«Stavo facendo un viaggio terapeutico che avrebbe dovuto curare il mio comportamento da bugiardo compulsivo, quindi forse quello che le dirò sarà una bugia...»

«Devo sapere anche le bugie. Sono abituata a lavorare con bugiardi» ed un leggero sorriso apparve sul suo volto.

Feci un lungo respiro. Sapevo di non aver niente da perdere parlandole di quello che la mia mente mi permetteva di ricordare. «Quella notte ero pronto ad andare a letto, quando sentii qualcuno bussare alla mia porta» cercai di ricordare, sperando che la mia mente mi assistesse. «Quando aprii la porta, entrò una donna, raccontandomi qualcosa circa un cliente insoddisfatto. Le chiesi di andarsene, dal momento che ero stanco morto, ma lei insistette e propose di divertirci. La spinsi fuori dalla stanza e, dal momento che non riuscivo a dormire, bevvi qualcosa dal minibar. La mattina seguente venne la polizia e mi arrestò per omicidio.»

«Si, sono a conoscenza del resto. Ho parlato con il dottor Wright che mi ha dato una chiara descrizione della sua situazione. Le ho chiesto di raccontarmi la storia perché, anche se lei è un bugiardo, ho bisogno del suo punto di vista» disse.

«Non ho idea di cosa sia successo durante l'ipnosi. Lei conosce i dettagli?»

«Per questo deve parlare con il dottor Wright. Come suo paziente, lei ha il diritto di sapere e lui le potrà dare una migliore descrizione della seduta. Per quanto mi riguarda, devo raccogliere ogni minima informazione per capire le dinamiche e preparare la sua difesa per il processo.»

«Pensa che avrò la possibilità di tornare a casa? Sarò giudicato colpevole e condannato all'ergastolo?»

Distolse lo sguardo da me. «È troppo presto per fare qualsiasi previsione. Se sarà giudicato colpevole, l'ambasciata farà il possibile per ottenere l'estradizione in una prigione negli Stati Uniti.»

Non fui sicuro se quello era positivo o meno, ero certo, però, di non voler finire in prigione, né in Georgia, né negli Stati Uniti. Ovviamente un contesto familiare mi avrebbe aiutato psicologicamente, ma il risultato sarebbe stato lo stesso. Stavo per perdere tutto: la mia famiglia, il mio lavoro e, più di tutto, qualsiasi possibilità di tornare con Karen.

CAPITOLO 12

La settimana seguente ebbe luogo l'incidente probatorio, ma non ne venne fuori niente di definitivo a mio favore.

Janet Wilson, la mia avvocatessa, prevedeva una lunga battaglia durante il processo, e l'unica cosa che mi restava da fare era attendere.

Il dottor Wright e l'avvocatessa Wilson mi fecero ottenere gli arresti domiciliari in albergo, a causa del mio stato mentale e della terapia che stavo seguendo.

La sfida maggiore, in quel periodo, fu quella di rimanere sano di mente mentre vivevo con la paura di essere condannato, magari all'ergastolo. La mia avvocatessa mi assicurò che questo non sarebbe mai successo e che sarei stato estradato negli Stati Uniti. Ciò nonostante, non potevo fare a meno di pensare alla possibilità di passare il resto della mia vita in Georgia.

Con la sua deposizione, il dottor Wright non mi sembrò che avesse cercato di salvarmi. Mi sembrò, al contrario, che avesse fatto il possibile per mettermi nei guai, affermando che, sebbene non avessi tendenze omicide, lo stato di alterazione provocato dall'alcool, aveva innescato un mio comportamento violento. La sua valutazione, per come la interpretai io, sembrò individuare in me l'assassino.

La giuria, invece, fu di altro avviso e ritenne la deposizione del dottor Wright inattendibile e basata sul suo desiderio di scagionarmi.

Perciò fui sottoposto a così tante perizie psichiatriche, che alla fine ne persi il conto. Ero così stressato e confuso da essere sicuro di non aver dato una buona impressione di me. La mia unica speranza era che avrebbero considerato il mio stato mentale alterato ed interpretato le mie risposte di conseguenza.

Il processo proseguì per due mesi, fino al giorno in cui il giudice si dichiarò soddisfatto delle prove e testimonianze raccolte.

La mia famiglia fu di supporto, ed anche se solo mio padre poté venire per un paio di giorni, si mantenne in contatto con me, tenendomi il morale alto ed evitando di farmi cadere in depressione.

A quel punto non c'era niente che mi poteva fare sorridere. Ero stanco di tutto, anche di essere vivo. Se non fossi stato liberato, non avrei voluto vivere.

Anche se non ricordavo niente di cosa era successo, ancor meno di aver fatto sesso con lei, sapevo di non aver ucciso quella donna.

Non era di molto aiuto sapere che amici e familiari mi credevano. Temevo che le persone che avevano il potere di decidere il mio destino mi avrebbero giudicato come lo spietato assassino che aveva fatto sesso con una prostituta, per ucciderla subito dopo; che nessuna di loro avrebbe ipotizzato che lei fosse stata uccisa dopo che l'avevo lasciata, vittima, magari, di un maniaco.

Solo il mio sperma era stato trovato sul suo corpo, e temevo che questa prova avrebbe convinto tutti della mia colpevolezza, e quello che era peggio, cominciavo a convincermene anche io.

Non avevo risentito nemmeno Karen. A quel punto ero certo che lei non voleva più saperne di me. Stare con un bugiardo patologico era frustrante, ma quando quel bugiardo era accusato anche di omicidio, si creava quel tipo di situazione dalla quale tutti volevano tenersi alla larga.

Erano le otto del mattino e mi trovavo nella mia stanza d'albergo, attendendo l'udienza finale programmata per la settimana successiva, quando la porta si aprì e la guardia annunciò una visita.

Non stavo aspettando alcuno. Tutti i miei amici e la mia famiglia erano negli Stati Uniti, e potevamo sentirci solo per telefono una volta al giorno. Di solito, chiunque voleva parlare con me, andava a casa dei miei genitori e potevo avere una breve chiacchierata con lui.

La vidi entrare con un'espressione confusa nei suoi occhi, dove ravvisai la stanchezza per il lungo viaggio e lessi tutte le domande che si era posta durante il tragitto. I suoi capelli erano un po' arruffati e non era truccata.

Era più bella di quanto ricordavo. Quando lei entrò nella stanza, fu come l'arrivo del sole dopo un interminabile e buio inverno.

Immaginai che non avesse consultato il dottor Wright perché le avrebbe vietato di venire a trovarmi. Forse questa era stata l'idea migliore, dal momento che ambedue avevamo bisogno di incontrarci per capire cosa volevamo dalle nostre vite.

«Ciao». La sua voce era stanca e rotta dalle lacrime che avevano cominciato a riempire i suoi occhi.

In modo malfermo mi alzai, incapace di emettere un suono. Volevo abbracciarla, baciarla, volevo dirle come la mia vita era stata senza senso fino a quel momento. La mia unica speranza fu che lei non avesse fatto quel lungo viaggio solo per dirmi addio.

«Karen, tu... avevo paura che non volessi vedermi più. Io...»

Si sedette su una sedia e mi guardò, cercando di controllare le proprie emozioni. «Ethan, il dottor Wright mi ha chiamato per dirmi cosa ti era successo. Non sapevo cosa pensare, ed è stato difficile per me decidere di venirti a trovare. Penso di conoscerti abbastanza da essere sicura che c'è stato un malinteso. Niente mi potrà mai convincere che hai ucciso qualcuno.»

«Nemmeno io credo di essere capace di una cosa simile. Nonostante ciò, ci sono tanti pezzi mancanti su quanto successo quella notte. Secondo quello che ricordo, dopo che lei ha lasciato la mia stanza, ho bevuto un paio di whisky e mi sono addormentato. La telecamera, invece, ha registrato che sono uscito dalla mia camera all'una e un quarto e sono tornato alle due e tre quarti. Inoltre, hanno trovato tracce del mio sperma su di lei, quindi abbiamo fatto sesso, ma non riesco a ricordarne un singolo dettaglio.»

Lei scosse la testa. «Il dottor Wright mi ha raccontato anche questo, ma a me sembra che qualcosa non quadri. Non posso fare a meno di pensare che tu sia stata la persona sbagliata, nel posto sbagliato al momento giusto. Chi è il tuo avvocato?»

«Si chiama Janet Wilson» risposi. «Lavora per l'ambasciata, ma non so come potresti contattarla. Anche lei la pensa come te. Anche secondo lei, alcuni dettagli di questa storia non quadrano. Sta lavorando sodo su questo caso, ed io spero che trovi il tassello mancante del puzzle.»

«Ho bisogno di parlarle. Non posso sopportare di vederti accusato di un crimine che non hai commesso. Magari mi può dare più informazioni su questo caso. La troverò» disse, alzandosi.

«Dove stai andando?»

«Tornerò prima possibile. Non preoccuparti.»

Mi ritrovai di nuovo solo con i miei pensieri, chiedendomi cosa avesse in mente Karen. Qualsiasi cosa fosse, sperai che avrebbe avuto successo. Cominciai a sperare nella possibilità che, con l'aiuto di Karen, la mia avvocatessa avrebbe potuto trovare un modo per farmi assolvere.

***

Janet Wilson stava lavorando al caso, cercando di trovare un dettaglio che potesse dare un senso a quella storia intricata. Non credeva che Ethan fosse un assassino. In tutta la sua carriera aveva incontrato molte persone – bugiardi, assassini, ladri ed innocenti - ed Ethan era un uomo innocente.

«Ma come provarlo?» si chiese.

Prese tutta la documentazione ricevuta dal distretto di polizia: il rapporto dalla scientifica e le fotografie scattate nel bagno e nello stanzino degli attrezzi. C'era la foto di un'impronta di scarpa presa con il luminol, e vi erano catalogate le tracce di sangue e di sperma che potevano essere isolate da altri residui organici. Una cosa che attirò la sua attenzione fu la foto scattata mentre rilevavano l'impronta della scarpa.

«Qui manca qualcosa». Esaminò attentamente la foto. «Dannazione, mi serve la foto originale. Queste non mi dicono l'intera verità».

Afferrò il telefono e chiamò la scientifica. Voleva parlare con la persona che aveva scattato la foto ed analizzato le impronte delle scarpe. Lui promise di mandarle le immagini digitali originali.

Mentre attendeva il loro arrivo al suo indirizzo di posta elettronica, una donna fu fatta entrare nel suo ufficio da uno dei suoi colleghi.

«Janet, questa è la signorina Karen Kühn. È la ragazza del signor Jackson» disse, entrando nella stanza seguita da un'ospite.

Janet alzò lo sguardo dalle fotografie e scrutò Karen. «Oh,» disse «prego, si accomodi.»

«Grazie. Vengo dall'albergo dove Ethan è detenuto» iniziò a spiegare Karen. «Mi ha raccontato quello che sa dell'omicidio e per me non ha senso. Non so se lei ne è a conoscenza, ma il mio ragazzo è un bugiardo patologico. Il suo era un viaggio terapeutico, così sono venuta qui per capire cosa sta succedendo. Non conosco tutti i dettagli, ma conosco lui, e lui non è un assassino. È un bugiardo, ma questo non è un crimine, giusto?»

«No, non lo è. E, ad essere onesta, sto facendo del mio meglio per immaginare cosa sia successo. Devo ricostruire questo complesso puzzle tessera per tessera.»

Ci fu una breve pausa nella quale Karen provò ad indovinare i pensieri di Janet.

All'improvviso, Janet si alzò. «Venga con me. Andremo a fare un giro dell'albergo. Potrei avere bisogno di aiuto».

Passarono l'intero pomeriggio all'albergo, esaminando ogni dettaglio dei locali: la posizione della telecamera, le registrazioni, il susseguirsi degli eventi. Ogni minimo particolare fu analizzato.

«Penso di dover tornare nel mio ufficio e rifletterci da sola. Spero che il materiale che ho chiesto alla scientifica sia arrivato, e, se siamo fortunate, potremmo mettere la parola fine a questo caso infelice» disse Janet, prendendo un ampio respiro.

«Per favore, mi tenga aggiornata su qualsiasi progresso. Sono molto preoccupata.» Karen incrociò le dita, portando le mani al petto.

***

Tre giorni dopo l'ispettore Bochorishvili entrò nella mia camera accompagnato dalla mia avvocatessa.

L'ispettore Bochorishvili aveva una strana espressione sul viso. Sembrava un misto di vergogna, rabbia e sollievo. Fece l'impossibile per evitare di guardarmi negli occhi.

«Ho ottime notizie» disse, raggiante, l'avvocatessa.

«Che tipo di notizie?» chiesi, alzandomi dalla sedia.

«Lei è libero di andarsene» disse, quasi sussurrando, l'ispettore Bochorishvili.

Li fissai senza essere sicuro di aver capito bene.

«Ma... come?» balbettai, sbalordito. Non riuscivo a capacitarmi come il giorno precedente ero considerato il più efferato assassino della Georgia, mentre adesso ero libero di andarmene.

«Ho esaminato l'intero caso almeno un centinaio di volte e, come le dissi, c'era qualcosa di non chiaro. Alcuni giorni fa, quando la sua ragazza è venuta nel mio studio, mi ha fatto riflettere su un dettaglio che non avevo analizzato. All'improvviso, tutto mi era chiaro: era l'arco temporale ad essere completamente sbagliato» cominciò a spiegarmi l'avvocatessa. «Ho chiamato di nuovo la scientifica e chiesto l'invio di tutta la pratica per posta elettronica, incluse le fotografie digitali nel formato originale. Ho preteso di avere anche la minima informazione. Avevo anche bisogno di conoscere l'esatto posizionamento delle telecamere nell'albergo, così sono tornata là per scoprire che erano installate negli ascensori ed all'entrata.

A quel punto ero sicura di avere tutti i pezzi del puzzle. Quello che mi restava da fare era metterli insieme e cercare di dare un senso al tutto.»

Cercai di immaginare la fine della storia, ma dal momento che non avevo alcun ricordo di quanto successo quella notte, credetti questa fosse la migliore opportunità per avere una ricostruzione dei fatti.

Fece un profondo respiro e continuò. «Dalle telecamere poste all'ingresso, abbiamo accertato che la ragazza è tornata in albergo all'una e quarantatré.

Presumibilmente lei la stava aspettando nell'atrio, e siete andati insieme nella toilette, dove ha deciso di fare sesso con lei.

Dalla scientifica ho recuperato le seguenti informazioni: in primis lei ha avuto un rapporto orale con la ragazza, e questo comporta che non avrebbe potuto ucciderla durante l'atto. Inoltre, data la quantità di alcool ingerito, le ci sono voluti circa quaranta minuti per raggiungere l'orgasmo o qualsiasi soddisfazione. Questo dettaglio rivela che lei si è allontanato per tornare alla sua stanza alle due e ventotto.

Ovviamente dobbiamo considerare il tempo che le sarebbe servito per ucciderla, calcolando anche che lei avrebbe lottato per sfuggirle. Dopodiché, lei avrebbe dovuto nascondere il corpo che è stato trovato nel ripostiglio degli attrezzi lì vicino. Per fare ciò, si sarebbe dovuto assicurare che nessuno la vedesse spostare il corpo dalla toilette.

Per arrivare alla sua stanza, considerando che la telecamera dell'ascensore testimonia che lo ha usato solo per raggiungere il primo piano dalla sua stanza, ha dovuto camminare per undici minuti. Questo significa che, se lei fosse l'assassino, sarebbe rientrato nella sua camera più tardi rispetto all'orario registrato dalla sua telecamera.»

«Quindi, c'era qualcun altro nella toilette, in attesa che me ne andassi, per ucciderla?» Non potevo crederci.

«Infatti, ma abbiamo trovato anche un'altra prova che non è stato lei ad uccidere la ragazza» rispose. «Ho passato una notte intera a guardare quelle fotografie inviatemi dalla scientifica. Un'ipotesi che non è stata presa in considerazione è che ci fossero state due persone nelle toilette. Lei, che ha fatto sesso con la vittima, e l'altra nascosta, in attesa che lei se ne andasse. Questo mi è divenuto chiaro, quando ho esaminato le impronte delle scarpe. Da queste sembrava che lei se ne fosse andato mentre la ragazza probabilmente era ancora in ginocchio, e, a quel punto, qualcuno l'ha aggredita. Non possiamo dire a che ora, ma è evidente che le impronte di colui che ha portato la ragazza dalla toilette allo stanzino, dove lei è stata ritrovata la mattina seguente, non sono le sue.»

«Questa è una conclusione realistica» ringhiò l'ispettore Bochorishvili. «Continueremo a cercarlo.»

La mia avvocatessa sorrise. «Veniamo dal tribunale dove il giudice, alla luce delle nuove prove, ha deciso di far cadere tutte le accuse contro di lei.»

Avevo sentito quello che aveva detto, ma ancora non riuscivo a capire una singola parola. «Veramente? Voglio dire... mi state dicendo che sono libero di andarmene?»

«Beh», disse l'ispettore Bochorishvili allungando le spalle. «Non proprio. Lei ha fatto sesso con una prostituta che per le leggi georgiane è illegale.»

«Comunque», tagliò corto l'avvocatessa «dovrà pagare una multa, il cui importo sarà deciso domani durante un'udienza privata con il giudice.»

Ero sbalordito e senza parole. Evidentemente avrei avuto dei guai per aver pagato per delle prestazioni sessuali, ma questo era meglio che essere accusato di omicidio. Se tutto fosse andato per il verso giusto, avrei potuto prendere un aereo per andarmene e riprendere la mia terapia

L'unica cosa che volevo era tornare a casa, lontano da qualsiasi avventura indesiderata. Per una volta, mi mancava infinitamente la mia vecchia, noiosa vita. Volevo solamente tornare a casa con Moses.

Comunque, ero cosciente che niente sarebbe stato come prima di iniziare quel viaggio. Inoltre, dovevo riconsiderare la mia vita, dal momento che adesso c'era un nuovo elemento da aggiungere: Karen. Non volevo vivere la mia vita senza di lei, ma dovevamo capire cosa ci aspettavamo dalla nostra relazione.

L'unica mia certezza era l'amore che provavo per lei e avrei fatto il possibile per far funzionare la nostra relazione. Inoltre, la terapia aveva registrato notevoli progressi nel periodo in cui ero stato con lei, e non mi importava se fosse stato per merito suo o del trattamento.

Con Karen non ero più un bugiardo patologico, e questo mi bastava. Sperai che sarebbe stato sufficiente anche per lei.

Volevo impiegare il resto della mia vacanza per cercare di costruire una vita insieme a Karen. La cosa importante era che non dicevo più bugie.

Nonostante ciò, prima di pensare a trasferirmi in Germania, dovevo ritornare negli Stati Uniti. C'erano molti motivi per tornare: uno di questi era Moses. Dovevo avere il mio amico con me, quindi dovevo fare alcuni test finali a conclusione della terapia.

Assieme a Karen decisi che avrei passato sei mesi in Germania dopo di che si sarebbe trasferita lei negli Stati Uniti per sei mesi. Non sapevo cosa sarebbe successo dopo, presumibilmente lo avremmo deciso giorno per giorno.

La sensazione dell'aeroplano che decollava dal suolo georgiano fu indescrivibile. Solo qualche giorno prima ero sicuro che avrei passato la mia vita in prigione a Tbilisi, lontano dalla mia famiglia e da tutte le persone care, e temevo di aver perso Karen, la mia unica speranza di avere una vita sana, libera dalle bugie per sempre.

Volevo ridere e piangere contemporaneamente. Guardavo le altre persone nell'aereo e tutto mi sembrava irreale. Mi appoggiai allo schienale, affondando nella poltrona soffice e confortevole di prima classe offerta dall'ambasciata, e tutti i più bei ricordi di quel viaggio mi tornarono in mente.

Dietro i miei occhi chiusi, potei ancora vedere l'interminabile estensione della savana africana. Il possente ruggito dei leoni mi arrivò distintamente alle orecchie. Nella mia mente ripensai al silenzio del deserto del Sahara e mi ricordai della prima impressione che ne avevo avuto: la più grande sabbionaia del mondo.

Un sorriso si formò sulle mie labbra pensando a Moses...

Poi, però, iniziai a piangere.

Mai nella mia intera vita mi ero sentito così minacciato e sollevato allo stesso tempo. I pensieri più semplici erano quelli più preziosi che avevo.

"Ci preoccupiamo delle cose sbagliate" pensai. Quindi, lentamente, la stanchezza vinse le emozioni, e mi addormentai.

Il sobbalzo dell'aereo mentre atterrava a Londra mi svegliò. Non sapevo che ora era, l'unica cosa di cui ero certo era di aver fame.

Avevo un paio d'ore prima della partenza della mia coincidenza così, senza pensarci due volte, mi sedetti al primo ristorante che trovai.

Mentre leggevo il menù, mi resi conto di una cosa fondamentale: qualcosa era diverso, come un puzzle incompleto, o un disegno stracciato proprio sulla parte più bella.

All'inizio non riuscii a mettere a fuoco cosa c'era di sbagliato, finché non incrociai la mia immagine in uno specchio.

Apparivo più vecchio, più stanco...

Ero io ad essere diverso, non il mondo o qualsiasi altra cosa.

Con un lento movimento mi toccai il viso con una mano, per essere sicuro che quello riflesso nello specchio fossi veramente io.

Tutti i miei dubbi si stavano lentamente dissolvendo, come le ombre di un incubo all'alba, ed io ero l'uomo che stava cominciando a capire quale era il suo posto nell'universo.

Pensando a tutti gli eventi che si erano succeduti negli ultimi mesi, suonò come una barzelletta, brutta, peraltro. Nonostante ciò, quella era la mia vita, ed ero determinato a viverla, godermela, e a darle un senso.

Non ricordo cosa ordinai. Probabilmente la prima cosa che lessi, e quando il cameriere me la servì, aveva il sapore del paradiso.

L'atterraggio all'aeroporto Logan di Boston sancì la fine della mia avventura, ed una sensazione di leggerezza mi pervase mentre attendevo di prendere le valigie al ritiro bagagli.

Mio padre e mia madre furono le prime persone che riuscii a vedere. Con loro c'era Stewart. Ebbi un momento di esitazione mentre cercavo conferme che non si trattava di un sogno e, con le lacrime agli occhi, corsi ad abbracciarli.

L'incubo era finito ed ero libero. Anche se ero ancora un bugiardo, non ero un assassino.

Ci vollero diversi giorni prima di incontrare il dottor Wright ed il professor Doyle. Dovevo andare avanti con la mia vita, e temevo la loro reazione dopo quello che era successo a Tbilisi. Temevo che mi avrebbero biasimato per il fallimento della terapia, e conseguentemente, della ricerca.

Nonostante ciò, senza pensare a tutto quello che era successo, furono gentili con me. Il loro unico rimpianto fu di non aver portato a termine l'intero progetto.

«Non si deve preoccupare. Nessuna cosa che avrebbe potuto fare diversamente avrebbe cambiato il risultato. Troppi fattori hanno giocato un ruolo nel fallimento del progetto. Alcuni avrebbero potuto essere evitati se fossimo stati più attenti» mi rassicurò il dottor Wright.

«Si è trattato di sfortuna. Speriamo che lei possa beneficiare di questa parte della terapia» aggiunse il professor Doyle.

«Sono grato della possibilità che mi avete offerta. Spero di essere più onesto d'ora in poi.

Magari tornerò da voi per un'altra seduta di psicoterapia» dissi, quasi per scherzo.

«Lei sa dove trovarmi. Quindi, quali sono i suoi piani, se non sono indiscreto?» chiese il dottor Wright.

«Mi trasferirò in Germania con Karen per i prossimi sei mesi. Useremo questo periodo per capire se la nostra relazione ha un futuro o meno. Per quello che ho avuto modo di vedere, quando sono con lei la mia mente è più sincera.»

«Penso sia un buon piano, ma si ricordi, a questo punto lei non avrà alcun modo per sapere se la sua condizione è migliorata o meno» mi avvertì il dottor Wright. «Vorrei che mi venisse a trovare un'ultima volta prima della partenza per valutare le sue condizioni.»

«Prenderò un appuntamento con la sua segretaria appena torno a casa. Grazie di nuovo per l'opportunità che mi avete dato.»

Uscii dalla stanza fiducioso che alla fine ci sarebbe stata una soluzione per tutto. La mia vita avrebbe finalmente conosciuto una sorta di normalità.

EPILOGO

«Per un momento ho temuto che gli dicessi tutto circa la vera ragione della sua terapia» disse il professor Doyle dando un'occhiata al dottor Wright, appena furono soli.

«Ovviamente no» rispose il dottor Wright scuotendo la testa. «Dirgli che abbiamo usato la sua malattia per testare un nuovo psicofarmaco capace di trasformare una qualsiasi persona, anche quella più mite in un assassino a sangue freddo, sarebbe stato nocivo per la sua salute mentale. Il mio scopo è aiutare le persone con i propri problemi, non creargliene altri» spiegò il dottor Wright.

«Forse hai ragione. Dopotutto ci avrebbe messo in difficoltà se, dopo averlo saputo, fosse andato dalla polizia.»

«E chi mai gli avrebbe creduto? È un bugiardo patologico ed io ho tutte le prove. Lui non ha alcuna prova su chi ha ucciso la ragazza nell'albergo, e nemmeno sull'aver testato un nuovo psicofarmaco» disse, con un sorrisetto, il dottor Wright.

«Però non mi è ancora chiara la dinamica dell'omicidio: chi ha ucciso la ragazza?»

Il dottor Wright fece un profondo sospiro. «Possiamo dire che lo abbiamo fatto assieme.»

Fece una breve pausa. «Tutto era pianificato. Dall'ingaggio della prostituta che è andata nella sua stanza, all'ordine post-ipnotico di prendere un drink dal minibar – al quale avevo aggiunto lo psicofarmaco che volevamo testare - fino all'assassinio. Modificare la registrazione della telecamera è stata sicuramente la parte più difficile, e questa è un'altra cosa che dobbiamo migliorare.»

«Quindi possiamo concludere che l'esperimento è perfettamente riuscito» concluse il professor Doyle.

«Anche sostituire le bottiglie nel minibar della sua stanza non è stato semplice. Spero di non dover fare questi trucchi un'altra volta.»

Il professor Doyle sorrise. «Siamo comunque in grado di trasformare una persona mite che non farebbe del male ad alcuno, in uno spietato assassino a sangue freddo che non ricorderà niente di quanto successo. Il nostro cliente sarà soddisfatto del risultato. Finora abbiamo dieci risultati positivi su dodici. Anche se possiamo considerare questo un buon risultato, abbiamo bisogno di più prove.»

«Questo significa aggiungere più vittime» rispose, pensieroso, il dottor Wright. «La ricerca ha bisogno delle sue cavie. Che siano topi o persone, il fine rimane lo stesso: risultati consistenti per una ricerca di successo. Inoltre, ho un bel paziente tra le mani. Soffre di insonnia. Con la giusta ipnoterapia e l'utilizzo di uno speciale psicofarmaco, la trasformeremo nella perfetta macchina assassina per una notte. La parte migliore di tutto è che lei non ricorderà alcunché.»

«Quindi mettiamoci al lavoro. Preparerò tutti i test per la valutazione finale. Spero che, come nel caso precedente, otterremo con lei un risultato positivo.»

Il dottor Wright fece un largo sorriso. «Ne sono quasi certo. Vedrai.»

FINE...PER ADESSO

Spero vi sia piaciuto questo breve preludio alla serie ed il modo in cui Ethan è stato salvato all'ultimo momento dall'ergastolo in Georgia. Nonostante ciò, gli assassini sono ancora a piede libero e hanno piani ambiziosi per altri pazienti ed altre vittime. L'ispettore Bochorishvili risolverà il mistero? Il dipartimento di polizia di Boston si interesserà al caso e coopererà con il dipartimento di polizia di Tbilisi? Troverete di più su questo caso e aggiungerete alcune tessere a questo intricato e fatale puzzle in:

Inganno fatale- Insonne in vendita su Amazon.

NOTA DELL'AUTRICE

Grazie per aver letto il mio libro.

Sono nata nel 1973 in un piccolo paese in Italia. Nella mia carriera ho scritto e pubblicato diversi saggi scientifici di geologia ed ingegneria, con particolare attenzione allo smaltimento finale di rifiuti nucleari esausti. Pur essendomi diplomata all'Istituto d'Arte di Perugia, ho proseguito gli studi frequentando la facoltà di Geologia e specializzandomi in geologia ambientale. Sono appassionata di fotografia, ed amo osservare la natura e la società umana da ogni prospettiva.

Attraverso i miei romanzi propongo un punto di vista differente sulle relazioni, culture e convinzioni umane.

Questo romanzo è basato su un'altra delle mie passioni, viaggiare. E, se siete interessati a conoscere di più dei miei molti viaggi, vi invito a visitare il mio blog:
www.paperpenandinkwell.blogspot.com.
Mi potete trovare anche su Facebook:

https://www.facebook.com/paperpenandinkwell
https://www.facebook.com/PJ.Mann.paperpenand
inkwell
Sul mio sito web:
https://pjmannauthor.com
E non dimentichiamoci Twitter:
https://twitter.com/PjMann2016